Originalausgabe

© 2022 by Mathias Bellmann. Das Werk einschließlich aller
Inhalte ist urheberrechtlich geschützt. Alle Rechte vorbehalten.
Herstellung und Verlag: BoD – Books on Demand, Norderstedt
ISBN: 9783756294091

Im Land der Medienzombies

Eine mediensüchtige Novelle

Inhaltsverzeichnis

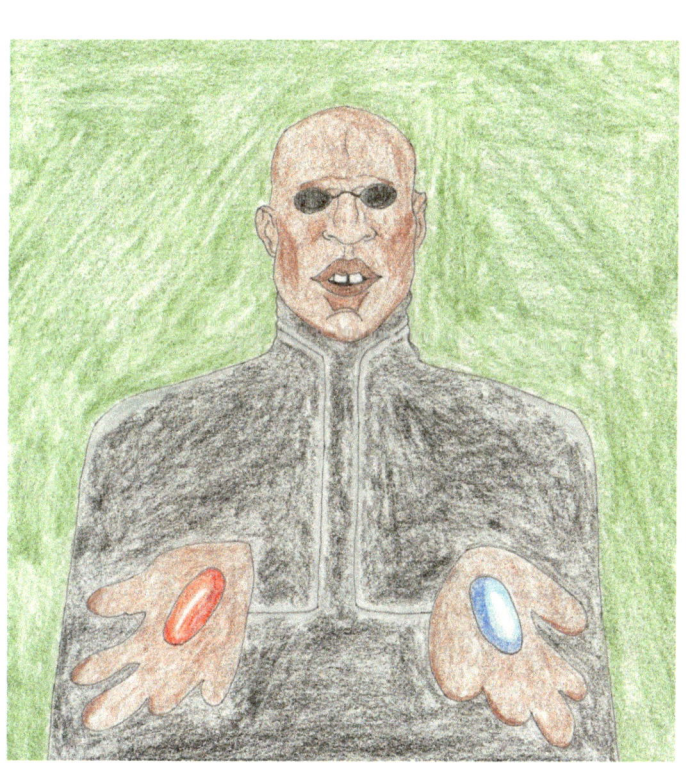

Neo

Seht euch unsere Helden an, wie sie durch die Straßen streifen. Hört ihr, wie sie danach schreien aufzubegehren? Fühlt ihr den noch leisen Kampfeswillen unserer mutigen Hexe? Stellt euch vor, ihr wäret an ihrer Stelle! Stellt euch vor, es wäre euer Herz, das schreit, aufbegehrt und sich weigert länger zu schweigen. Warum??? Fragt ihr angesichts der ganzen Scheiße da draußen wirklich warum?

Schaut euch unsere Welt an! Sie ist stumpf geworden, dabei könnte sie sanft und liebevoll sein. Fühlt, wie kalt und hartherzig unsere Gesellschaft geworden ist. Aber sie könnte so freundlich und mitfühlend sein. Stellt euch vor, all die Menschen dort draußen würden sich wirklich mögen. Stellt euch vor, wie harmonisch die Welt sein könnte. Wäre das nicht wunderbar? Aber überall herrscht die Ellenbogen-Mentalität und die kalte Schnauze regiert. Über allem steht der stumpfsinnige Konsumwahn. Er ist zum Gesetz der neuen Welt geworden.

Da war unser kleine Held. Er war die fühlende Biomaschine. Er stand auf der einen Seite und es, die Matrix der sozialen Netzwerke, stand auf der anderen Seite. Er, der sehr sensibel war und ein Auge für die kleinen Dinge entwickelt hatte. Es, das ein kaltes, digitales Netz über die Menschenwelt gespannt hatte und jedem Menschen gnadenlos einen Platz in der digitalen Hierarchie zuwies.

Autsch! Sie war hart in ihn rein gerannt. „Entschuldige", sagte er zu ihr. "Ähä!" sagte sie kopfnickend. Sie sah aus, wie eine der zahlreichen chinesischen Austauschstudentinnen, die überall auf dem Campus herumliefen. „Sorry, hab dich ganz übersehen. Wie heißt du?" fragte er. „Keine Zeit. Keine Zeit. Ich chatte gerade", sagte sie und ging einfach weiter. Er war schockiert. Sie hatte so extrem auf ihr Smartphone gestarrt, dass sie einfach in ihn rein gerannt war. Bei ihrem Speed hatte das sogar richtig wehgetan.

Es passierte ihm in letzter Zeit immer öfter. All die hübschen Mädchen guckten nur noch auf ihre Handys und vergaßen die echte Welt um sich herum. Das war alles. Kein Augenkontakt. Keine Gespräche. Die ganze Mensa war voll von Menschen, die nur auf ihre Handys starrten und nichts anderes mehr taten. Manchmal war es so still, dass er nur noch das Geklimper des Bestecks hörte.

Neo sah ihr hinterher. „Autsch", und schon war sie in den nächsten Kommilitonen rein gerannt. Sie war ein echtes Medienopfer, dachte er. Sie war mehr digitaler Zombie als freier Mensch.

Es war eine traurige Welt geworden, ging es ihm durch den Kopf. Werbepropaganda schärfte den Menschen ein, den anderen Menschen nicht zu vertrauen, aber den Produkten zu vertrauen. Sie schärfte ihnen ein, dass sie andere Menschen nicht bräuchten, dafür aber ihre Produkte bräuchten. Sie schärfte ihnen Misstrauen und Paranoia gegenüber ihren Mitmenschen ein, aber flößte ihnen gleichzeitig Vertrauen in ihre funkelnden Produkte ein. Durch die Werbung waren sie leichter zu kontrollieren, damit sie kauften, kauften und kauften; selbst wenn sie sich verschuldeten und dabei alles verlören.

Neo hatte gehört, in Korea oder Japan hatten sie extra Gehwege für Handynutzer eingeführt. Diese Menschen lebten so fern von der echten Welt, dass sie Gefangene in einer digitalen Parallelwelt geworden waren. Während diese Welt, in der ihre Körper und Seelen sind, stirbt. Ja, es ist dieser Konsumwahn, der unsere Natur tötet. Wir spüren es jeden Tag mehr und mehr, denn der Klimawandel droht uns den Saft abzudrehen.

Lasst uns mit Neo durch die Straßen laufen. Gucken wir uns die Menschen von heute gemeinsam an. Hört, wie sie nicht mehr miteinander reden. Sie sind Fremde geworden. Im Internet hassen sie sich. Hatespeech und Trolling diktieren den digitalen Alltag. So ist es überall. Kommt, lasst uns mit Neo durch die Straßen laufen. Fühlt, wie die Menschen sich fremder und fremder werden. Desinteresse ist eine Form von Hass. Es ist eine kalte Form zu hassen und dieser Hass war nie größer. Verdanken tun wir es: dem Internet!

Neo war klar, das Geheuchel von Freiheit, Spontanität und Unabhängigkeit war eine Lüge. Sie redeten es einem im Radio, Fernsehen, Internet und in den Popup-Werbungen ein. Die einen versuchten einem einzureden, frei und unabhängig zu sein, indem sie die alten Regeln aufgeben sollten. Während sie gleichzeitig ein Korsett an Vorschriften um einen spannten. Die anderen wollten eine neue Form von digitaler Diktatur errichten. Ihr Slogan war maximale Manipulation. All ihr Gerede von Freiheit und Spontanität war nur eine Lüge. Das war eine Kriegserklärung an die Werte von wahrer Güte und Hilfsbereitschaft. Seit Jahrzehnten höhlten sie die freie Welt brutal aus. Denn ihre Art des Konsums erzeugte seit Jahrzehnten Hungersnöte und den weltweiten Klimawandel. Damit destabilisierten sie die Demokratien. Sie untergruben die Chance auf eine bessere Welt durch ihre pure Konsumgeilheit. Sie schürten Zwänge und heizten die Triebe nach allem an, was Geld bringt. Selbst ein neuer Krieg wäre für sie nur ein Geschäft. Ihnen geht es nur um die nächsten Quartalszahlen.

Wie ein Virus fressen sich die Bildschirmstrahlen in die Seelen der Menschen. Sie vermehren sich, duplizieren sich und fressen den gesunden und edlen Teil des Charakters auf. Sie reduzieren ihre Opfer auf eine Art Zombie, der sich kaum an mehr erinnert als die letzten drei Tage. Die Menschen werden zu einer Art Medienzombie, der nur noch die Bildschirmdaten in sich trägt. Für diese Zombies ist das Leben in der echten Welt mit echten Mitmenschen völlig zur Nebensächlichkeit geworden.

Neo hatte verstanden, dass längst eine Diktatur der Bilder herrschte. Es war eine Diktatur des optimierten Aussehens. Ein guter Charakter zählte hier nichts mehr. Dabei gibt es wirklich so etwas wie gute und schlechte Charaktereigenschaften. Egoismus-Sucht, Kaltherzigkeit und Habgier gehören klar zu einem beschissenen Dreckscharakter. Denn Habgier kommt aus einem toten Herzen.

Neo hoffte, dass es einen Weg gab, all den Gleichgeschalteten die Augen zu öffnen für die Schönheit jedes Menschen. Er dachte an die wahre Schönheit. Er meinte nicht die Schönheit, die ihnen vom Fernsehen und dem Internet einprogrammiert wurde. Denn sie raubten den Konsumenten den Blick auf die wahre Schönheit. Er wusste, diesen Weg musste es geben und er wollte diesen Weg gehen. Denn die wahre Schönheit der Menschen erkennen zu können, war ein glücksbringendes Geschenk.

Es war wie in dem alten Film Matrix. Der Held dort hieß auch Neo. Er erkannte, dass er in der Matrix gefangen war. Leider war das auch der Moment, an dem die Matrix beginnt, ihn zu suchen. Neo wird zu einem Gejagten. Lernt daraus und hütet euch davor, dass System offenlegen zu wollen, wenn ihr erkannt habt, wie es funktioniert. Denn dann richten sie alle ihre Kameras auf euch, verfolgen euch und terrorisieren euch. Recherchiert die Namen Edward Snowden und Julian Assange, wenn ihr mir nicht glaubt.

Neo wusste, mit billiger Triebkontrolle kochten sie die Emotionen hoch. Sie erzeugten Traffic auf ihren Plattformen, um damit Geld zu verdienen. Sie nannten sich freie Medien, aber ihr dürft nicht vergessen: ohne den Volksempfänger hätte Hitler nie den Aufstieg geschafft.

Die Szene ist weltweit legendär geworden. Er, der glatzköpfige Anführer des Untergrunds, der gegen ein übermächtiges maschinengesteuertes System kämpft, bietet Neo eine blaue oder rote Kapsel an. Jenem Neo; in dem er die Hoffnung und den Erlöser sieht. Neo hat die Wahl. Wählt er die eine Kapsel, führt sie ihn zurück in die Matrix. Wählt er die andere Kapsel, führt sie ihn aus der Matrix heraus in die Freiheit.

Unsere Matrix ist real. Aber sie ist nicht so allumfassend wie die aus dem Film. Sie besteht aus Fernsehen, Internet, Filmen, Podcasts und Radio. Es sind künstliche Welten, die uns von uns selbst entfremden. Es sind künstliche Welten, in denen zu viele bereits leben. Es sind künstliche Welten, die uns von unserem wahren Selbst fernhalten. Sie sind dabei die Sargnägel der echten Erde zu werden.

Neo bedeutet neu. Aber neu war in dieser Welt nur die Technik. Die, die sie beherrschten waren dieselben wie immer. Die Gefahr war real, dass sie die Technik nur nutzten, um zu herrschen. Sie könnten mit der neuen Technik den Abstand von Herrscher und Beherrschten auf ein neues Maximum treiben. Diese Gefahr wächst jeden Tag. Die neue Technik öffnet die Tür für eine neue Form von totaler Diktatur. China versucht bereits, es in die Praxis umzusetzen.

Als Neo diese Wahrheit erkannte, erwachte er aus der digitalen Matrix. Jetzt hatte er nur noch die Absicht, die Macht der Matrix zu vernichten und die Menschen zu befreien. Denn ihm war klar, dass nur eine freie Welt, eine friedliche Welt sein könnte.

Ihm war klar, die Welt war richtig am Arsch. Der Klimawandel donnerte furchtbar am Horizont der kommenden Jahrzehnte. Der kalte Krieg war zurück. Unser Held schüttelte resignierend den Kopf. Die aktuelle Weltlage bewies nur seine Meinung, dass die Menschen einfach nicht dazu lernen wollten. Als ob sie sich die nächste Diktatur und den nächsten großen Krieg herbeisehnten. Die Veganer*innen hatten seit Jahrzehnten davor gewarnt, dass durch Fleisch fressen ein Supervirus ausbrechen könnte. Dann war Corona gekommen.

Es bräuchte Intelligenz, um die Probleme zu lösen. Aber der Zwang sich auf Oberflächlichkeiten zu reduzieren, aufs Äußere, auf Muskeln und Klamotten, sorgt dafür, dass die Welt sich nicht darauf konzentrieren kann, die Probleme zu lösen. Stattdessen wächst der Problemberg immer weiter.

Ja, der stumpfe Oberflächlichkeitswahn ist die Ursache für so viele Probleme. Der Krieg klopft wieder an die Tür und die Hungersnöte fressen unsere Kinder auf. Äußerlichkeiten reißen unsere Welt in den Abgrund. Sie glänzen, aber ihr Kern ist purer Schrott. Sie sind in Wahrheit das Hässliche.

Neo erinnerte sich an seine letzte Ex. Sie war äußerlich ein Model, aber innerlich war sie verwelkt, verdorben und vergammelt. Anfangs waren die Schmetterlinge in seinem Bauch geflogen. Er hatte nie geglaubt, jemals so ein heißes Babe zu daten. Aber ihr Narzissmus und ihre Arroganz hatten ihn schmerzhaft erwachen lassen. Angeekelt hatte er sich getrennt.

Neo war klar, dass gerade das technische Zeitalter begonnen hatte. Der Computer stieg zum allmächtigen Instrument auf. Das Internet wurde zum neuen Gott. Er wusste, die Menschen konnten jetzt viele Wege wählen. Einige werden Leid und Katastrophen über die Welt bringen, wie wir sie jetzt im Klimawandel schon erleben. Sie werden

Milliarden an Kosten verursachen und viele Menschen durch Hunger und Umweltgifte töten.

Neo glaubte daran, dass es auch einen Weg gab, Technik zu nutzen und dadurch eine bessere Welt zu schaffen. Sie könnten eine Welt schaffen, in der alle genug zu essen hätten. Es wäre eine Welt, in der sich alle lieben würden und mit sich selbst glücklich wären. Aber diese Welt wird unerreichbar bleiben, solange Konsumwahn, Statusdenken und Hedonismus die Welt regieren.

Seid ehrlich zu euch, derzeit haben wir den Weg genommen, wie durch Technik die Probleme der Welt immer größer werden. Die Art wie wir Technik benutzen, ist richtig miese Scheiße. Ich meine die Art, wie wir damit Musik hören, feiern und uns dabei voneinander entfremden. Es ist die Art, wie wir immer oberflächlicher werden. Denn das lässt unsere Probleme anwachsen. Es ist die Art, wie wir Musik hören, nicht das wir Musik hören, was uns zu oberflächlicheren Menschen macht. Dabei bräuchte diese Welt eine tiefgründigere und kreativere Generation mehr als je zuvor.

Unser Held beobachtete aufmerksam. Er erkannte Zusammenhänge und stellte Fragen. Zu oft fühlte er sich wie Neo aus dem Film Matrix. Zu oft dachte er an die 23. Was lag hinter dem Offensichtlichen verborgen? Vielleicht lenkte die virtuelle Welt nur von den echten Geheimnissen der Welt ab. Denn die lagen dort draußen und nicht in den Bildschirmen. Die wahren Wunder passierten in der echten Welt.

Neo war bereit für das nächste Level. Er war bereit für die echte Lovelution und er war bereit ein Opfer zu bringen. Seht wieder, wie unser Protagonist durch die Straßen streift. Er war ruhelos, denn seit drei Wochen hatte er sich medial abgekapselt. Er nahm eine digitale Auszeit. Er machte Digital-Detox im XXL Format. Er hatte sein Internet ausgestellt. Sein Handy war aus. Facebook und all die andere Social-Media Scheiße hatte er gelöscht und den Fernseher hatte er in die Mülltonne geschmissen. Selbst seine Ladekabel hatte er durchgeschnitten.

Es brannte in Neo. Denn es war schwerer, als gedacht. Da war ein Druck in ihm, der ihn zu zerreißen drohte. Lebte er überhaupt noch? Was verpasste er alles? Diese Unruhe hämmerte pausenlos in seinem Kopf. In seinem Gehirn schien ein kleiner Affe zu sitzen, der pausenlos gegen den Schädel hämmerte. Es fühlte sich an, als ob er jeden Moment implodieren könnte.

Menschen haben ohne Internet zehntausende Jahre ein erfülltes Leben geführt. Sie lebten glücklich mit ihren Familien und Freunden. Heute fangen die Menschen an, sich tot zu fühlen, wenn sie nicht mehr digital sind. Wie schnell hat sich die Welt verändert? Auch für Neo war sein digitales Leben totalitär geworden. Er begann sich wie ein virtueller

Gefangener zu fühlen. Also brauchte er einen Entzug. Aber schon nach kurzem wurde er zum springenden Affen. Er fühlte sich wie ein Crack Junkie auf Turkey. Er wollte die Wände hochspringen, denn er war ruhelos. Sein Gehirn kreiste in Vierecken. Seine Seele verkrampfte sich und drohte zu zerreißen.

Er wanderte die ganze Nacht durch die Straßen und versuchte am Tag zu schlafen. Aber er fand keine Ruhe. Doch er wollte den digitalen Entzug schaffen, denn er wollte wieder ein freier Mensch sein. Essen tat er in der Mensa. Gerade steht er in der Schlange für ein veganes Curry an. „Aua", hört er eine Stimme hinter sich rufen und denkt: „Nicht schon wieder!" Im gleichen Augenblick spürt er, wie etwas nasses seinen Rücken runterläuft. Angesäuert dreht er sich um. Sein Zorn verfliegt in dem Moment, als er in ein wunderschönes Gesicht schaut, dass ihn an eine indische Göttin aus dem Kamasutra erinnert. Sie hat sogar einen roten Punkt auf der Stirn. „Es tut mir so leid", sagt sie mit ausländischem Akzent. Dann sieht er ihr Glas und ihm wird klar, was passiert ist. "Komm, ich mach dich sauber", sagt sie. „Das ist das mindeste", denkt er. „Klar, hinten bei den WCs gibt es Tücher", fällt ihm ein. „Ok", sagt sie und nimmt ihn bei der Hand. Tatsächlich scheint es ihr richtig leid zu tun, merkt Neo. Sie gibt sich echt Mühe, es sauber zu machen. Als sie fertig ist, fragt sie schüchtern: „Darf ich dich als Entschuldigung zum Essen einladen?"

„Klar", sagt Neo und denkt, dass es sein Glückstag sein muss; nicht nur weil sie süß war, sondern weil er echte Gespräche liebte. Sie holten sich etwas zu Essen und während sie aßen begannen sie sich zu unterhalten. Was folgte, war für Neo ein kleines Wunder. Es war fast übernatürlich, wie sie sich auf Anhieb über alles austauschen konnten.

Ihr Name war Lakshmi. Sie hatte kein Smartphone. Sie besaß nur ein altes Klapphandy, um ihre Eltern anzurufen. Sie erzählte ihm von ihrem Leben in Indien, ihrem Tempel hier und davon, wie sehr sie es liebte zu tanzen. Bei jedem Wort schien sie mehr zu strahlen. Neo glaubte wieder, die Schmetterlinge im Bauch spüren zu können.

Es war, als ob er seine Seelenverwandte gefunden hatte. Bei allem was er sagte, stimmte sie zu und wenn sie sprach, dann war es genau das, was er auch gesagt hätte. Er konnte sich nicht erinnern, jemals eine Frau kennengelernt zu haben, die diese oberflächliche Gesellschaft genauso suspekt fand wie er.

Beide träumten von echter, menschlicher Nähe, so wie es früher Tradition gewesen war. Sie begeisterte ihn mit den lebendigen Geschichten aus ihrem Ashram. Er wollte mit ihr dorthin gehen und darüber freute sich Lakshmi sehr. Zwischen beiden erwachte zärtliche Magie.

Sie redeten, bis die Mensa schloss. Dann brachte er sie nach Hause. Als sie bei Lakshmis Wohnheim angekommen waren, verabschiedeten sie sich. Die Umarmung, die sie ihm gab, war für Neo von unbekannter Nähe. Er fühlte sich zum ersten Mal seit Ewigkeiten wieder lebendig. Er sah ihr nach, als sie die Treppen hochstieg und wusste, das war ein besonderer Augenblick gewesen.

Am nächsten Tag saß er im Park und beobachtete den leeren Spielplatz. Die meisten Kids würden wohl irgendwo drin vor einem Bildschirm hocken, dachte er. Seine Kindheit war noch nicht lange her und sie war so wie die Zeit der Kids heute. Schon damals fragte er sich, wie gut ein Erziehungssystem ist, wenn sein Hauptprodukt narzisstische Konsumenten waren.

Ihm war klar, dass diese stumpfe Konsumsucht nichts anderes als eine Form von berauschtem Materialismus war. Sie brauchten immer neue Reiseziele, immer neue Sexualpartner, immer neue Smartphones, neue Apps, neue Accessoires, neue Snacks. Neu! Neu! Neu! Nie konnten sie zufrieden sein mit dem, was sie hatten. Sich vollkommen zurücklehnen zu können, einfach nur entspannen und im reinen Glück existieren, das konnten die Digitalen nicht mehr. Der stumpfe Konsumwahn machte das unmöglich. Sie brauchten permanent den Rausch neuer Produkte.

Während er über all das nachdachte, glitten seine Gedanken immer wieder zu Lakshmi. Mit ihr könnte er das freie und tiefgründige Leben führen, von dem er immer geträumt hatte. Denn sie beide waren Seelenverwandte. Er hoffte, die Zeit würde schnell vergehen, wenn sie ihm ihren Ashram zeigen würde.

Er sah wieder über den verwaisten Spielplatz. Neos Sorgen über die Zukunft kamen zurück, denn die Kinder, die sie heute ins Erwachsenenalter entließen, waren unfähiger als jemals zuvor. Sie konnten sich kaum selbstständig zurechtfinden. Alles was sie wirklich gut konnten, war konsumieren. Viele brauchten heute dauerhaft Hilfe oder fielen durchs soziale Netz. In einer solchen Anzahl hatte es das nie vorher gegeben! Dazu kamen die Depressionen. Die sozialen Ängste und Selbstzweifel waren in einem Maße angestiegen, dass das wahrscheinlich in keiner Generation jemals größer gewesen war.

Wie viele Kinder gibt es mittlerweile, die den TV-Müll und den Music-Trash glauben und deshalb ihre Schule verkacken? Wie viele starten deswegen in einen gefailten Lebenslauf mit krass weniger Erfolgschancen, als wenn sie nicht so verarscht worden wären? Krass weniger Geld. Krass weniger Leistungsfähigkeit. Krass weniger Intelligenz, um Probleme lösen zu können. Krass weniger Lebensfreude, weil alle Gefühle vom Konsumlevel bestimmt werden.

Macht eure Augen auf! Lauft durch die Straßen und seht euch alles an. In wie vielen Menschen seht ihr ein geknicktes Selbstbewusstsein? Wie viele sind zerbrochen, weil sie wissen, dass sie dem, was die Medien vorschrieben, nicht entsprechen? Wie viele haben ein Loch in der Seele? Es sind gebrochene Menschen, die eigentlich wunderbar sind. Sie sind schön und atemberaubend. Nur sie sind nicht so, wie die Medien propagieren, was schön sein bedeutet. Sie sind zerstört worden von den Medienwelten, die ihr unterstützt, wenn ihr euch nicht abwendet.

Wie viele junge Menschen haben alles, was sie bräuchten, aber sind depressiv und ritzen sich? Wie viele schreien und kotzen, weil sie zu fett sind und nicht mehr den Idealen entsprechen. Sie rasten auf ADHS aus, weil sie vom künstlichen Essen und den Programmen, die sie gucken, Gaga im Kopf werden und nicht mehr klarkommen. Diese mediengesteuerte Gören sind noch keine digitalen Sklaven, aber verdammt nah dran.

Fake News sind, dass Social-Media sozial ist. Fake News sind, dass Datingplattformen echte Liebe schaffen. Fake News sind, dass echte Vertrautheit nichts mehr bedeutet und ein stumpfer Kontakt über Geräte dasselbe ist. Die Ungewohnheit es dann zu tun, ist die Entfremdung des ursprünglich Menschlichen. Es reißt das Herz entzwei. Es zwingt in Einsamkeit und treibt jedes Jahr Zehntausende in

Suizide. Es ist diese Einsamkeit, die alles tötet und jede Hoffnung auslöscht.

Wenn dein bester Freund die Figur einer Serie ist. Wenn all deine Gedanken sich um die Geschichten in Serien drehen, die im Fernsehen oder Internet laufen. Dann bist du bereits zombisiert. Dann bist du herausgerissen aus der Menschenwelt. Du bist eine atmende Leiche, die nichts mehr hat, was ein menschliches Leben eine Million Jahre lang menschlich gemacht hat: nämlich Mitmenschlichkeit. Wir sind Menschen wegen unseres Miteinanderseins! Ihr wurdet rausgerissen von den digitalen Maschinen, die eure Aufmerksamkeit verzerren und euer Leben steuern und gestalten.

Neo schüttelte den Kopf, sie redeten von Freiheit. Freiheit war ihr Credo. Überall hörte man Freiheit, Freiheit, Freiheit. Aber war die Sucht nach Medien nicht dasselbe wie die Sucht nach Drogen? War die Sucht nach Geld und Aktien nicht dasselbe wie die Sucht nach Alkohol und Kokain? Für einen Moment empfand Neo richtigen Ekel gegenüber all den digitalen Junkies da draußen. Aber ihm wurde klar, dass er eigentlich Mitleid mit ihnen haben sollte. Denn während sie digital suchteten, verpassten sie ihr eigenes Leben.

Neo wusste, dass sie soviel mehr mit ihrer Freizeit tun könnten, als nur Geld auszugeben, Produkte zu konsumieren und im Internet abzuhängen. Das war weder moralisch noch wirklich erfüllend. Es war einfach nur stumpf und emotionslos. Aber sie konnten eben auch anders leben, nämlich aus dem Herzen heraus.

Hatte es je eine Droge gegeben, die mehr Massen in das wahre Marionettenwesen getrieben hat? Denn es waren unsichtbare Schnüre, die die Konsumenten lenkten. Sie wurden unbewusst triebgesteuert. Die digitalen Konstrukte zwangen mehr als Heroin oder Kokain so zu handeln, wie ihre Dealer es wollten. Freiheit wird zu einer digitalen Illusion. Ein Mediensüchtiger ist nicht frei. Er ist der Gefangene von Daten!

Unabhängigkeit wird uns einprogrammiert. Uns wird einprogrammiert, dass wir unabhängig wären. Aber sieh dir all die Unabhängigen an, wie abhängig sie von all den unnötigen Konsumgütern sind. Sie denken, sie sind unabhängig. Aber wer sich zu einem Sklaven von Produkten gemacht hat, bleibt ein Sklave. Wenn sein Wesen nur auf Produkten basiert, seine Freiheit nur auf Konsum, dann ist das keine Freiheit. Diese Unabhängigkeit ist reiner Fake.

Überall ballern Fake News auf uns ein. Es beginnt mit unseren Jahreszahlen und Weihnachten. Es geht weiter mit den Geschichten über die Stars und Sternchen. Fake News beschallen uns von Morgens bis Abends; es ist eine Welt der Lüge, obwohl jeder weiß, die Wahrheit befreit und heilt.

Das Fernsehen spiegelt uns vor, nicht allein zu sein. Es ist ein Gaukelspiel. Es ist eine Illusion. Etwas tief in uns weiß das auch. Allein zu Hause zu sitzen und fernzusehen, heißt allein zu sein, egal wie viele Menschen wir im TV sehen. Dumpfer Schmerz entsteht dabei ganz unbewusst. Er greift um sich. Er frisst in uns alles auf, was wir sein wollen. Dann zerreißt uns Einsamkeit. Sie springt uns wie ein Monster an. Sie tötet unsere Lebensfreude. Am Ende bleibt nur Hoffnungslosigkeit.

Neo machte jetzt den Medienzombietest. Er wollte für einen Monat auf Internet, TV, Videospiele und Handys verzichten. Erstmal wollte er es einen Monat schaffen, denn er hatte große Angst vor den Entzugserscheinungen. Was würde noch wie vorher sein? Was wenn er nicht mehr wüsste, wer er war oder wohin er gehörte?

Neo fragte sich, was wäre, wenn er den Lebenssinn verlöre? War er bereits ein Medienzombie? War er bereits eine digitale Marionette der Matrix? Steuerten sie ihn schon digital fremd? War er doch noch ein Junkie geworden? Diese Ängste quälten ihn und raubten ihm den Schlaf.

Er wusste vom digitalen Stockholm Syndrom. Es hatte die ganze Welt befallen. Die Menschen wurden in die digitale Scheinwelt entführt. Der Fernseher war mit einem Vampir vergleichbar. Doch er saugte kein Blut. Er saugte die Lebenszeit aus. Nach und nach verlernten die Medienzombies alles. Einige verlernten sogar das Lieben ihrer Kinder, weil der Bildschirm ihnen viel wichtiger geworden war. Fake World und verwahrloste Familien werden allgegenwärtig! Findet ihr das genauso grauenvoll?

Schminke verdeckt die Wahrheit! Es sind gestellte Geschichten, die in Kamerabilder eingepresst werden. Es werden fake Charaktere auf platte Scheiben gestrahlt. Die nächste Generation der Entfremdung wird immer mehr zur Normalität.

Aber zurück zu unserem Neo und seinen Schmetterlingen. Denn heute war es soweit! Fünf Tage hatte er warten müssen, um seine Lakshmi wiederzusehen. Er war fast verrückt geworden, aber irgendwie hatte er die Tage durchgestanden. Um elf Uhr vormittags sollte er sie zuhause abholen. Die ganze Nacht hatte er nicht schlafen können. Letztendlich war er wieder im Regierungsviertel spazieren gewesen. Das Wasser der Spree entspannte ihn. Es war, als könnte das Wasser seine kranke Seele heilen.

Sie sah wirklich schön aus. Vielleicht waren es die Entzugserscheinungen, aber für Neo sah es so aus, als würde sie ein Lichtschein umgeben. Sie umarmten sich. Es war einen Moment zu lange, als das es nur freundschaftlich gemeint sein könnte. „Hallo Neo", sagte sie mit einem Lächeln, "ich hoffe, du bist bereit für meinen Ashram!" „Ich bin bereit, mich von dir in eine fremde Welt entführen zu lassen", antwortete Neo lächelnd. Sie lächelte zurück, nahm ihn nochmal in den Arm und küsste ihn auf die Wange.

Was Neo an diesem Tag erlebte war eine Offenbarung. Die exotischen Gerüche ließen ihn nicht mehr los. Das gemeinsame Chanten der Mantren hatte in seinem Herzen eine befreiende Schwingung ausgelöst. Am besten war allerdings der Abschied gewesen. Denn als er Lakshmi Abends nach Hause gebracht hatte, küsste sie ihn, bis sie sich mit den Worten verabschiedete: „Bis nächste Woche mein süßer Neo!" Danach ging sie in ihr Haus und unser Held schwebte heim.

Ihr Leser werdet bereits verstanden haben, dass sich hier eine epische Liebesgeschichte anbahnt. Die Frage, die euch nun umtreibt: wird es tragisch enden oder wird es ein Happy End geben? Leider ist die einzig richtige Antwort, dass es eure Welt ist, die in eine Tragödie rast. Ihr fahrt mit Karacho gegen eine Wand!

Unseren Neo erwarteten drei schöne Semester mit Lakshmi. Seinen Tribut hatte er gezahlt, denn sein digitaler Entzug war eine schmerzhafte Erfahrung gewesen. Aber er war stark geblieben und hatte durchgehalten. Damit war das Monster besiegt, dass ein Held besiegen musste, um die Liebe finden zu können. Sein Gewinn war die schöne Lakshmi.

Beide machten erfolgreich ihren Bachelor. Am Tag des Abschlusses gingen die beiden Essen. Neo war der glücklichste Mann der Welt, aber es sollte noch besser kommen. Lakshmi gestand Neo, dass ihre Heimreise bevorstand. Neo hatte immer gewusst, dass dieser Tag kommen würde. Es war hart, aber er musste damit leben lernen. Das Geschenk einer solchen Liebe war einfach zu kostbar, als dass er sich die Laune verderben wollte.

Plötzlich fragte ihn Lakshmi mit ihrem himmlischsten Lächeln, das nur die hinduistischen Götter gesandt haben konnten: „Meine Eltern würden dich gern kennenlernen. Also wie sieht es aus mein lieber Neo, begleitest du mich nach Hause in mein Heimatland?"

Die Daten-Zauberin

Ihr Name soll hier anonym bleiben. Ihr Gesicht war verdeckt hinter einer dicken, dunklen Brille. Ihr Haar war naturdunkel, aber so schwarz eingefärbt, dass es alles Licht aufsaugte. Heute saß sie hier mit ihrem gepimpten Notebook und sie war bereit den Knopf zu drücken und es zu veröffentlichen. Es würde sie zu einer weltbekannten Hackerin machen. Damit würde sie endlich den richtigen Arschlöchern digital die Faust in den Arsch rammen. Das wäre die lauteste Art, dem scheiß System „Fuck You" zu sagen! Lasst uns aber erst einmal einen Blick zurück auf unsere kleine Daten-Hexe werfen.

Sie war einer der Menschen, die nicht viel sprach. Die Leute waren ihr suspekt. Besonders hasste sie diese frauenfeindlichen, notgeilen Typen mit zu viel

Geld. Zu oft hatten die ihr schon unerlaubt an den Hintern gefasst. Manchmal dachte sie an ihre alten Klassenkameraden damals in der Schule. Sie hatte nie eine Verbindung zu ihnen gefunden. Stattdessen hatte sie ihr eigenes Ding gemacht. Mit Ekel nahm sie heute ihre dauerbetrunkenen Kommilitonen an der Uni wahr. Sie waren lächerliche Menschenaffen. Sie liebte echte Affen. Aber das war eine degenerierte Generation von Student*innen. Sie waren stumpf oberflächlich und konsumgeil.

Sie wollte nicht mit den anderen Kommilitoninnen abhängen. Schminkzeug. Parties. Sauforgien. Freunde betrügen. Lästern. Sie alle waren so. Sie kannte keine mehr, die anders war. Aber dieser Lifestyle ekelte sie extrem an.

Nur einen Ort kannte sie, an dem sie glücklich war: ihren Computer. Sie liebte seine magische Kraft zu hacken. Sie liebte die Möglichkeit sich in die Profile ihrer Kommilitonen einzuschleichen. Sie liebte es ihre Facebook-Profile, Instas und Twitter-Accounts zu knacken.

Ihr letzter Freund war der Richtige gewesen, hatte sie lange gedacht. Er liebte Mangas wie sie. Ständig saßen sie am PC und zockten. Doch es funktionierte nicht. Er schloss sich total in seiner Welt ein und zum Schluss kam die Paranoia und die Angstpsychose. Es war ihr zu viel. Sie verstand ihn, aber sie konnte nicht mehr. Sie musste ihren eigenen Weg gehen. Also war sie weggezogen. Die große Stadt hatte sie angelockt. Erst war es schön. Doch dann kam die Welle der Lockdowns und sie war ganz allein: nur sie und der PC; das Darknet und eine neue Welt, in der sie sich austoben konnte.

Sie fragte sich: Wer sie war? Wohin wollte sie? Was sollte sie tun? Sinnfragen quälten sie immer öfter bis spät in die Nacht. Auch heute fragte sie sich das, als sie in die Uni kam. Selbst beim Online zocken lenkte es sie ab. Wie könnte sie ihren Traum wahrmachen und eine weltbekannte Hackerin werden?

Immer öfter fragte sie sich, wie die Metaversen die echte Welt verändern würden. Wo war die Brücke zwischen beiden? Wo die Grenze? Wo das Glück in beiden? Wo begann der Untergang und die totale Vernichtung? Noch immer fragte sie sich, wer sie sein könnte? Denn sie wollte mehr sein! Sie wollte der Welt zeigen, was sie als Hackerin drauf hatte.

Sie hatte diese Dokumentation gesehen, von dem was deutsche Waffen anrichteten und sie wollte nicht mehr untätig zu sehen. Sie wollte etwas tun. Sie entwickelte einen immer detaillierteren Plan. Sie wollte in die Datenbank einer dieser miesen Waffenproduzenten einbrechen und alles leaken, was sie dort finden konnte. Egal ob es private Nachrichten, Kontoverbindungen oder geheime Lobbyabsprachen waren. Sie wollte es im Darknet veröffentlichen. Sie wusste, sie war soweit und sie wusste, es musste getan werden. Denn diese Menschen mussten dafür gestoppt werden, dass sie Waffen an Terroristen verkauften, die Mädchen entführten und vergewaltigten, die Menschen umbrachten und schwer folterten. Jeder dieser Waffenproduzenten war daran mitschuldig.

Sie kannte die Namen der großen Whistleblower. Sie bewunderte sie. Sie wollte werden wie sie, ohne ins Gefängnis zu müssen. Das war ihr Traum. Also übte und übte sie. Denn diese Welt war verkommen. Was sie im Darknet fand, schockierte sie. Ja, es gab da ein paar Leute wie sie, die von einer freien Welt träumten. Aber es gab dort auch einen Freiraum für Kinderschänder, Pädophile, kranke Wichser, Vergewaltiger, Snuff-Irre und kriegsgeile Vollidioten mit kaum mehr echtem Hirn. Aber sie war eine Träumerin und wollte eine bessere Welt schaffen. Deshalb war sie online und deshalb träumte sie.

Sie erinnerte sich an das alte Lied „Zombie" von den Cranberrys. Darin ging es um all die Gewalt, die stumm und ohnmächtig macht und wie es in den Köpfen weitergeht. Wann würde sich die Gewalt aus den Videospielen zu Drohnen geführten Kriegen weiterentwickeln. Wann? Das fragte sie sich! Denn die Warnsignale waren eindeutig. Sie recherchierte, wo es schon stattfand. Die Waffen bestanden aus Joysticks und Bildschirmen. Aber es waren echte Menschen, die starben. Es musste gestoppt werden!

Das war ihr klar. Sie musste etwas tun, denn sonst könnte es bald zu spät sein für die Welt.

Also tat sie es. Sie brach in die Datenbank von Schleimmetall ein. Was sie fand, übertraf alles, was sie sich erhofft hatte. Tief versteckt in den Daten fand sie einen gesicherten Ordner. Nur der CEO schien darauf Zugriff zu haben. Darin waren nur ein paar Videos versteckt. Zu sehen war ein Mann und eine Frau beim gemütlichen Dinner. Die Frau erkannte sie sofort. Wer der Mann war, fand sie nach einer kleinen Recherche heraus.

Bei dem Mann handelte es sich um den CEO von Schleimmetall. Die Frau war Bursula von der Leier. Sie war die EU-Präsidentin. Unsere Daten-Hexe mochte sie nicht, denn die Art wie sie halblegal an ihre Machtposition gekommen war, hatte sie zu sehr an Hitlers Steigbügelhalter-Aufstieg erinnert.

Sie sah sich das Video mehrere Male an. Was sie sah kam einer Atombombe gleich. Der CEO von Schleimmetall hatte der EU-Chefin und ihren Vertrauten viel Geld zu kommen lassen. Er tat dies, weil sie ihm versprochen hatte, dass die Ausgaben für Waffen in Europa bald dramatisch steigen würden.

Der CEO war sehr aufgebracht, denn seine Erwartungen hatten sich bisher nicht erfüllt. Doch die EU-Chefin beschwichtigte ihn und versprach ihm, dass es bald in der Ukraine krachen würde. Dieser Krieg würde Schleimmetall Milliardengewinne einbringen. Unsere Daten-Hexe wurde mit jeder Sekunde schockierter, denn der Film war ein halbes Jahr vor dem Ukraine Krieg entstanden.

Selbst der dümmste Idiot würde erkennen, dass es damit ein geplanter Krieg gewesen war. Der militärisch industrielle Komplex wollte das Geschäft des Jahrhunderts machen und hatte die führenden Politiker:innen geschmiert. Doch es ging ihnen nicht schnell genug. Die Investoren machten Druck und die Quartalszahlen waren beschämend.

Ihre Mission war ihr klar. Sie wollte ihre Nachricht in der ganzen Welt verbreiten. Sie wollte es jedem ins Gesicht schreien. Es war Zeit für die Befreiung von den miesen Lügen und die Rückkehr zu wahrer Menschlichkeit. Ihr Plan war es, bald diese Gesichtsbuchplattform zu kapern und ihr Video weltweit in alle Bildschirme zu streamen. Sie wusste, sie konnte es. Denn diese Plattform hatte über eine Milliarde Nutzer. Sie wollte es jedem von ihnen zeigen. Die Welt würde dann nicht mehr dieselbe sein und sie würde eine gefeierte und zugleich gejagte Whistleblowerin werden. Aber dazu war sie bereit!

Sie wollte eine weltberühmte Hackerin werden. Denn das war ihr Traum. Dieser Titel war für sie ein Symbol für Wahrheit in einer Welt voller Lügen. Deshalb war sie bereit, das Risiko einzugehen. Sie hatte früh erkannt, wie viele Lügen die Mächtigen verbreiteten. Sie wollte sich im Kampf gegen die

Herrschenden einen Namen machen. Außerdem wollte sie allen Frauen da draußen zeigen, dass sie genauso gut, wie männliche Hacker sein konnten.

Im Darknet hatte sie sich alles Equipment besorgt. Das Geld dafür hatte sie einem Glücksgriff zu verdanken. Beim Hacken einer Überwachungskamera hatte sie einen dieser schleimigen Typen beim Sex mit einem Drogenstricher erwischt. Wie sich raus stellte, war er „glücklich" verheiratet. Seine Frau wäre sicher schockiert, wenn ihr treusorgender Ehemann einem Drogenjunkie in den Hintern fuhr. Mit ein klein wenig digitaler Erpressung war sie so an eine Menge Geld gekommen. Damit hatte sie sich alles Equipment besorgt, was sie brauchte, um loszulegen. Jetzt war es endlich soweit. Sie sah auf ihren Finger und atmete noch einmal kräftig durch. Dann drückte sie Enter.

Es hatte begonnen! Nun musste sie nur noch ihre Spuren verwischen. Sie hatte ihre Flucht minutiös geplant. Sie würde weder digitale noch analoge Spuren hinterlassen. Sie hatte den perfekten Weg ausgekundschaftet, um nicht von den Kameras erfasst zu werden, wenn sie heimging. Sie zerstörte ihren PC. Es machte sie zwar traurig, denn sie liebte das Ding. Aber es musste sein. Ab jetzt würde sie ihren zweiten Laptop hochrüsten und damit weitermachen.

Boom! Es war ein Skandal. Das Video schlug ein wie eine Bombe. Millionen hatten das Video gesehen.

Die Zeitungen überschlugen sich mit Nachrichten. Die sozialen Medien überzogen Bursula von der Leier mit einem gigantischen Shitstorm. Selbst die Schleimmetallaktie fiel ins Bodenlose. Sie las in einer Zeitung, wie der CEO von Schleimmetall bei einem Selbstmordversuch gestoppt und in die geschlossene Psychiatrie gesteckt wurde.

Die Politik versuchte es auf einen Deep Fake aus dem Darknet zu schieben. Unsere Daten-Hexe lachte wegen dieses erbärmlichen Versuches. Er war zugleich clever als auch jämmerlich. Es bewies ihr, wie verlogen und korrupt die Bürokraten waren, die das Land lenkten. Selbstreflexion und Anstand gab es bei den Führenden einfach nicht.

Das Video hatte sie mit ihrem Hackernamen Digital Witch versehen. Schnell wurde die Digital Witch zu einer Heldin der jungen Generation. Ihr Hackername wurde zu einem Symbol. Viele junge Frauen machten sie zu ihrem Idol. Als sie in einem Café saß, sah sie im TV die Überschrift „Wer ist die Digital Witch?", während ein Reporter über verschiedene Theorien spekulierte, wer die Daten-Hexe war. Es fühlte sich an wie im Film.

Das krasseste geschah ihr, als sie beim Einkaufen einen Nerd mit einem Shirt von der Digital Witch sah. Spätestens da wurde ihr klar, dass sie weitermachen musste. Denn sie konnte etwas bewegen. Jetzt hatte sie die Aufmerksamkeit der Medien und somit hatte sie auch die Macht die Jugend wachzurütteln.

Ihr nächster Plan stand schon fest. Es hatte sie immer aufgeregt, dass sie Steuern fürs Staatsfernsehen zahlen musste. Dort brachten sie nur Schnulzen, hirnverbrannte Daily Soaps und sie verkauften die Sicht der bürgerlichen Spießer. Dabei waren es genau diese bürgerlichen Spießer, die die Welt in den Abgrund getrieben hatten.

Sie begann wieder alles vorzubereiten. Ihr Plan war es ein Video der Digital Witch zu verbreiten. Ihr Vorbild waren die Anonymous Videos. Sie brauchte eine coole Maske oder irgendein Symbol, das Wiedererkennungswert hatte. Sie hatte sich fast zwei Wochen den Kopf zerbrochen, bis ihr klar wurde, dass der Hexenhut ihr Symbol sein sollte. Denn sie war die Digital Witch.

Das Video war schnell gemacht. Es dauerte nur zwei Tage, um es zusammen zu stellen. Zuerst schrieb sie eine Rede. Sie richtete sich an die junge Generation, vor allem aber an die jungen Frauen. Sie forderte sie auf, ihrem Vorbild zu folgen und den digitalen Kampf gegen korrupte, machtgierige Politikerinnen und Manager aufzunehmen.

Dann animierte sie das Video. Es war im grünen Matrix-Style entworfen und auf ihrem Kopf thronte der Hexenhut. Jetzt musste sie nur noch einen Weg finden, es in das Sendesignal von ARD und ZDF einzuspeisen. Ihre Antwort fand sie im Darknet.

Sie hatte sich drei Wochen den Kopf zerbrochen. Sie hatte Plan für Plan entworfen und dann wieder verworfen. Manche dieser Pläne könnten klappen, aber nur indem ihre Identität offenbart wurde. Aber das würde sie zur Gejagten machen. Sie hatte aber gar keinen Bock, ins Gefängnis zu gehen.

Sie hatte ihre Anfrage im Darknet mit Digital Witch unterschrieben. Zwei Tage später erreichte sie eine Antwort. Ein Unbekannter versprach ihr einen Weg, um das Signal einzuspeisen. Aber er würde das nur tun, wenn sie beweisen könnte, dass sie die echte Digital Witch war. Unsere Daten-Hexe fragte sich, ob es eine Falle der Polizei war? Aber der Unbekannte lieferte ihr auf ihre kritischen Nachfragen überzeugende Beweise, dass er die Wahrheit sprach. Also war es an ihr, zu beweisen, dass sie die wahre Digital Witch war.

Es kostete sie einiges an Überzeugungsarbeit. Sie musste sich digital komplett nackig machen. Am Ende schaffte sie es. Als Gewinn dafür erhielt sie einen überraschend guten Plan. Ihr Unbekannter erklärte ihr, wie sie ihr Video ins Signal des ARD-Hauptstadtstudios zur Primetime am Sonntag einspeisen konnte. Es war nur ein Sender. Aber in Wahrheit überstieg es ihre kühnsten Erwartungen.

Leider hatte der Plan einige Schwachstellen. Sie musste es nämlich in einem Knotenpunkt vor Ort machen. Aber auch dafür hatte der Unbekannte einen Plan. Er wollte ihr sogar eine Schlüsselkarte der Security und eine Uniform der Sicherheitsmitarbeiter besorgen.

Sie planten noch einige Tage. Jedes Detail wurde durchgesprochen. Alles schien sicher und klar zu sein. Als sie Sonntags erwachte, musste sie trotzdem erstmal kotzen, weil sie so nervös war. Heute würde es ernst werden. Alles bisherige waren dagegen nur Kinderspiele gewesen, die sie einfach von ihrem Computer aus steuern konnte. Aber heute würde sie wirklich da rausgehen müssen. Doch sie musste es tun, denn es war Zeit, dass die Digital Witch ein Zeichen für alle junge Frauen setzte. Sie musste die junge Generation wachrütteln, denn nur so könnten sie eine bessere Zukunft schaffen.

Sie verließ ihr Haus um sechs Uhr abends. Alles war minutiös durchgeplant. Die Route stand fest. Es war klar, wann sie die U-Bahn und wann den Roller benutzte. Für den Rückweg stand das Fahrrad bereit. Jede Straßenecke ihres Weges hatten sie geplant. Selbst verschiedene Verkleidungen hatte sie dabei.

Alles klappte. Es war ein Wunder. Jetzt stand sie vorm Server. Sie hatte höchstens zehn Minuten Zeit. Ihr tropfte der Schweiß unter der Schminke und der Perücke. Aber sie durfte keine Zeit verlieren. Sie nahm ihr Tablet und die Kabel und verband es mit dem Server.

Das Programm, dass sie geschrieben hatte, startete automatisch. Es überwand alle Hürden des ARD-Servers und dann war es soweit. Auf ihrem Bildschirm erschien der Code für senden. Sie ging noch einmal in sich. Unbewusst musste sie schlucken, aber dann lächelte sie und drückte „senden."

Armee der Magersüchtigen

Sie steckte sich den Finger in den Hals. Dann kotzte sie alles wieder aus: den Prosecco, das Sushi und das Tiramisu. Es war das Essen, dass sie sich vorhin nach dem Shoppen mit ihren beiden besten Freundinnen gegönnt hatte.

Wir sehen heute lebende Schaufensterpuppen auf den Straßen, so weit das Auge reicht. Die Metropolen sind voll davon. Das einzige was noch voller war, waren die Wartelisten der Psychologen. Diese Welt wirkt auf den ersten Blick heil und schön. Aber sucht in den Augen der gestylten Schönlinge die Seelen und ihr werdet vergeblich suchen. Alles was ihr finden werdet, ist ein dunkles, neurotisches Loch. Dieses Loch hat messerscharfe Zähne und will ständig neue Produkte konsumieren.

Mittlerweile erbrach sie sich zweimal täglich. Sie konnte nicht anders. Manchmal kotzte sie sogar noch öfter, nämlich immer dann wenn die Abführmittel nicht wirkten. Aber das war der Preis, den sie bereit war zu zahlen, um die Schönste zu werden.

Der Spiegel ist zum größten Feind vieler junger Frauen geworden. Denn er verriet ihnen, dass sie nicht so aussahen wie die Frauen im TV und den Musikclips. Aber nicht so auszusehen wie in diesen Videos hieß, dass sie nichts Wert waren in der Medienwelt. Es bedeutete, nicht attraktiv genug zu sein. Es bedeutete nicht gesehen und nicht angenommen zu werden.

Die Modewelt war hart. Also steckten sich Millionen Frauen den Finger in den Mund und erbrachen sich immer wieder. Irgendwann fraß die Magensäure ihre Zähne auf. Dann kam der Haarausfall. Aber nicht so schlank zu sein wie die Models im TV, war viel schlimmer als der Verlust von Haaren und Zähnen.

Unsere Beautyqueen wusste, sie war nur eines von vielen Millionen Opfern jener Schönheitsideale, die Medienkampagnen indoktrinierten. Aber das überzeugte sie noch mehr. Denn es war ein Konkurrenzkampf. Wer war die Schönste?

Ihre Nase hatte sie bereits begradigen lassen. Sie überlegte, ob es an der Zeit war, mit Botox anzufangen. Auch Po-Implantate wurde immer attraktiver. Sie war bereit, sich unters Messer zu legen. Denn sie wollte niemals altern oder hässlich werden. Ihre Freundinnen taten es ständig und sie wollte nicht hinterherhinken.

Die Medien wollen ein Gefühl der Unzulänglichkeit auslösen. Sie wollen ihre Kunden verunsichern. Denn ihre Schönheitsideale sind fast unerreichbar. Einige schaffen es, weil sie sich komplett aufgeben und zu reinen Narzisstinnen werden. Die Medienbosse stilisieren diese Frauen dann zu Idealen hoch. Sie sorgen dafür, dass sich die jungen Mädchen mit diesen Idealen identifizieren können, um ihnen nachzueifern. Dafür haben sie dann die richtigen Produkte vorbereitet.

Schaut euch all die Fotos bei Instagram an. Es sind Millionen über Millionen Fotos. Seien wir doch mal ehrlich, sie posten es nicht aus Spaß oder Freude. Sondern sie posten es, weil sie Standards erfüllen wollen. Weil sie dazu gehören wollen. Weil sie sich einfach wertlos fühlen, wenn sie nicht alles tun, um den Ansprüchen gerecht zu werden. Dabei hat Instagram mit seinen Fotos das Schneeballsystem auf ein neues Level getrieben. Es ist ein Lose-Lose-System, bei dem jede Nutzerin kostbare Zeit verliert. Denn zahlen tun die Opfer nicht mit Geld sondern mit Zeit. Aber ist Zeit nicht unser kostbarstes Gut?

Viele sehen heute in den Spiegel und sehen nicht mehr sich selbst. Sie übersehen ihre Einzigartigkeit, ihre Schönheit und ihr wunderbares Wesen. Wie viele sehen in den Spiegel und leiden, weil sie wissen, dass sie nicht so aussehen wie im TV. Aber im TV sehen wir Menschen, denen stundenlang Make-Up aufgemalt wurde. Deren Haare sind teuer gestylt worden. Wie viele zerfleischen sich gerade selbst, weil sie in den Spiegel gucken und nicht so aussehen wie im TV? Fragt euch, wie viele da draußen so leiden? Was macht ihr Leid für einen Sinn?

Ein Wesen, welches seine ganze Selbstidentität eingetrichtert bekommen hat von einem gierigen, milliardenschweren Werbeunternehmen, ist weder selbstbestimmt, noch frei. Sich nie selbst gefunden zu haben, ist eine der größten Niederlagen im Leben. Es macht einen unsicher und abhängig.

Wenn ein durchschnittlicher Mensch, der völlig normal ist, sich nicht mehr lieben kann, sich nicht mehr schön finden kann, weil Medien ein Bild erzeugen, dass nicht so ist wie er. Welches ihn gleichzeitig abwertet, weil er diesem Bild nicht entspricht. Dann betreiben diese Medien Psychoterror. Das ist pure Menschenrechtsverletzung. Es ist diskriminierend. Es ist globale Intoleranz.

Guckt euch die kranke Modebranche an! Sie allein hat es zu verantworten, dass die narzisstische Persönlichkeitsstörung noch vor der Depression die häufigste Psychose bei Frauen geworden zu sein scheint. Wie wertvoll ist eine Frau, die ihr inneres Feingefühl pausenlos mit äußerlicher Extravaganz betäubt?

Sie war zu spät, aber das war geplant. Denn sie war ihre Anführerin. Sie liebte ihren Lästerschwester-Club. Was gab es besseres, als Samstags beim Brunch mit ihnen zusammen zu sitzen und über die anderen Studentinnen zu lästern. Heidelberg war klein. Sie kannten jede, die auch Kommunikations-Wissenschaften studierte. Keine konnte mit ihnen mithalten. Weder waren sie so schön wie sie, noch hatten sie eine schärfere Zunge. Vor allem waren sie nicht bereit, sich alles zu holen. Aber sie und ihre Freundinnen würden über Leichen gehen, wenn es sein müsste.

Heute Abend stand wieder eine Party in der Studentenverbindung an. Ihr Freund lebte dort und er war ihr Aushängeschild. Er kam aus einer reichen Familie und sein Jurastudium war so gut wie bestanden. Es fehlte nur noch ein teurer, glitzernder Verlobungsring.

Der enorme Anstieg an Narzisstinnen unter Frauen ist nicht zufällig oder natürlich, sondern gezielt durch milliardenschwere Werbestrategien gemacht worden. Eine Narzisstin kümmert sich um sich selbst und vergisst den Rest der Welt: ihr Make-Up, ihre Schminke, ihre Klamotten, ihr Spiegelbild, ihr Instagram, ihre Selfies. Nur sie zählt: die bewundernswerte Narzisstin. Wir alle wissen mittlerweile, woran wir Narzisstinnen erkennen! Wie viele Frauen hat die Werbung schon in den narzisstischen Wahn getrieben? Sind es vierzig oder sechzig Prozent?

Der Folienmensch ist der Typ Mensch, der den Bildern aus den Hochglanzmagazinen folgt. Es ist der Mensch, der so werden will wie die Bilder auf Instagram und in den Modezeitschriften. Es sind Bilder, die von den Modelabels und den Algorithmen kreiert wurden. Wer ihnen folgt wird zu einem Folienmensch. Innerlich wurde er ausgeräuchert. Alles was bleibt, ist die Plattheit einer Folie.

Tief ist der wahre Mensch. Er ist tiefer als der tiefste Ozean des Planeten. Aber wer diese Tiefe abschneidet. Wer platt wie ein Blatt wird. Der ist ein Folienmensch. Scheint durch ihn das Licht, dann strahlt es. Es kann durch ihn scheinen, weil er nicht mehr ist als ein dünnes Blatt Papier, durch das das Licht dringen kann. Er ist nicht wie die Tiefe eines Ozeans, der unerreichbar für das Sonnenlicht ist. Der wahrhafte Mensch besitzt eine Tiefe und Weisheit, die besticht, die überzeugt, die befreit, die verwandeln und verzaubern kann. Es ist diese Tiefe, die die Welt in ein Paradies verwandeln könnte. Könnte müssen wir sagen, denn es hängt von uns ab, ob wir zu unserer inneren Tiefe vordringen.

Der Folienmensch kann es nicht. Er ist platt wie eine Flunder. Er ist platt wie ein Blatt Papier. Er ist eine Folie und ein Abziehbildchen. Er wurde des Menschlichen beraubt. Aber in den ganzen Hochglanzmagazinen wird der Folienmensch wie ein bewundernswertes Modell dargestellt. Aber die Wahrheit ist, dass sie ihm seine Mitmenschlichkeit geraubt haben.

Medien erzeugen ein Bild von Unzulänglichkeit. Sie packen uns an unseren schwächsten Stellen und kleinen Eitelkeiten. Sie verstärken sie, damit wir uns nicht mehr trauen rauszugehen, außer wir benutzen ihre Produkte, ihre Sportanweisungen, ihre Fitnessprogramme und ihre Kleidungsstile. Ohne sie fühlen wir uns falsch. Wir glauben dann, für die anderen wertlos zu sein. Die Medien verarschen uns vorsätzlich. Sie programmieren uns. Sie zerstören uns.

Die Medien rauben uns die Chance die Augenblicke zu genießen, die wir miteinander verbringen. Sie manipulieren uns, damit wir uns Gedanken machen, ob wir gut genug, schlank genug, hübsch genug oder gestylt genug sind. Wir verlernen immer mehr, einfach miteinander glücklich zu sein. Sie tun das vorsätzlich und gezielt. Teure Programme werden aufgelegt, Manager und Innovatoren bezahlt, Studien durchgeführt, um das immer besser hinzukriegen. Mit ihren Werbe-Kampagnen zerstören sie unser Selbstwertgefühl, damit wir es dann mit ihren Produkten wieder auffüllen können. Ist das nicht unmenschlich?

Lasst uns erneut zur Toilettenszene zurückkehren. Der Magenschleim tropft. Tränen rollen an der schönen Wange runter. Es sind Tränen, die ihr gekommen sind, weil sie ihren natürlichen Instinkt überwinden musste, um zu kotzen. Denn ihr Körper will nicht kotzen. Ihr Körper will leben.

Es sind auch Tränen der Scham und der Angst. Aber ihr riesiges Ego wird sie einfach wegdrücken. Dann wird sie wieder mit erhobener Nase rausmarschieren und jede in die Schranken weisen, die sich ihr nicht unterwerfen will. Denn sie ist die Schönste. Es stimmt sogar. Denn sie hat schon ein halbes Dutzend Schönheitswettbewerbe gewonnen und die bezahlten

Modeljobs werden mehr. Also Welt, was gibt es da zu zweifeln, dass dieses Kotzen es Wert ist?

Das beste Meme des Jahres war sicher der Text: Ich kann die Eingebildetheit der meisten Frauen mit einem Feuchtigkeitstuch abwischen. Versteht ihr, dass darin ein Quantum Wahrheit steckt? Die aufgemalten Masken vieler Frauen, die ihre Gesichter verstecken und ihre Egos aufpumpen, lassen sich leicht abwischen. Ihr ganzer Glanz lässt sich mit einem Feuchtigkeitstuch einfach abwischen!

Hören wir wieder das dumpfe, glucksende Geräusch des Erbrechens unserer Schönheitskönigin. Schleimig tropft es ins Klo. Öffnet eure Ohren. Jetzt in diesem Moment irgendwo da draußen tun das hunderte Frauen. Erinnern wir uns auch an den dicken Jungen, der Scham erfüllt in den Spiegel im Gym starrt. Jetzt beginnt der Keim der Angstpsychose, die ihn in sein abgedunkeltes Zimmer für Jahre einsperren wird. Vergessen wir auch nicht die Transmenschen, die noch weniger in das stereotype Folienbild der „heilen Gesellschaft" passen und deshalb innerlich zerreißen.

Seht euch ihre Partys an! Dort sind die Schönsten der Schönen und wer nicht so schön ist, gehört nicht dazu. Seht euch die Coolsten der Coolen an und wer nicht so cool ist, der gehört nicht dazu. Es sind die Reichsten der Reichen und wer nicht so reich ist, gehört nicht dazu. Ihre Partys sind eine Klassengesellschaft. Die Türsteher sind die

Schutzstaffel des neuen Adels. Sie entscheiden, wer dazu gehört und wer nicht. Die Welt entfremdet sich wieder ein Stück mehr. In den Tanzlokalen tanzt jeder nur für sich. Falls wir es noch tanzen nennen können. Denn eigentlich wackelt jede nur mit ihrem Körper in einem Rausch aus Alkohol und Drogen. Dabei wird jedes wahre, tiefgründige Gespräch vom alles durchdringenden Beat im Keim erstickt. Dieser Ort steht synonym für Plattheit, Stumpfsinn und Rausch. Der Rausch geht manchmal von Donnerstag bis Sonntag. Sie sind einfach wach und rauschen im beschallten Nichts. Es sind so viele Menschen, die sich dort kennenlernen, aber zwischen ihnen entsteht nichts außer Oberflächlichkeit. Es fehlt die Tiefe. Die echten, menschlichen Bindungen, die uns hunderttausende von Jahren geprägt hatten, werdet ihr in den Tanztempeln vergeblich suchen. Es sind nur Beziehungen auf Zeit, die vom jeweiligen Rauschlevel zusammengeklebt werden.

Wenn Standards zu erfüllen, das neue Lebensideal ist und nicht Güte und Mitgefühl. Was ist dann die Gesellschaft wert? Nichts!!! Wie viel schöner wäre die Gesellschaft, würden wir lernen mit dem Herzen zu lieben statt mit den Augen. Aber wir schauen nur noch und denken die Bilder sind alles.

Die alten Rollenbilder verschwimmen immer mehr. Aber es verschwinden nicht nur die schlechten Fundamentalistisch-patriarchalischen. Sie lösen sich alle auf. Totale menschliche Entfremdung wird zum Alltag. Das Neue, das entsteht, ist das Digitale. Es wirkt echter als jede menschliche Bindung und ist doch nichts als Schein. Es ist unwirklich. Alle werden aus der Welt rausgerissen und gehen verloren. Etwas in euch weiß es und schreit. Hilfe! Hilfe! Aber ihr klebt fest. Ihr klebt immer fester. Ihr löst euch auf und werdet zu einem zweiten Gesicht in den Medien, den Bildern und Social-Media Profilen. Das wird mehr und mehr euer neues Selbst, euer digitales Selbst. Doch es ist ein Selbst mit einem Messer in der Hand. Es will euer menschliches Selbst, dass in eurer Haut, euren Augen und euren Synapsen steckt, abstechen. Es erdolcht euch einfach von hinten.

Wenn euer technisches Gerät mehr von eurer Liebe bekommt als ein Mensch aus eurem Leben, der euch Güte und Liebe entgegenbringt, dann seid ihr ein herzloser Zombie. Es ist egal, ob es sich dabei um euren Partner oder euer Kind handelt. Wenn es so ist, dann seid ihr ein Medienzombie.

Nicht euer Herz oder euer Mitmensch sagt euch noch, wer ihr seid oder wie ihr sein könntet, sondern es ist die Werbung. Sie formt euch. Sie steuert eure Gedanken, euren Charakter, euer Aussehen und euren Körper. Alles wird von der Werbung gesteuert. Sie hat euch zu einem Medienzombie gemacht. Sie ist der Puppenspieler und ihr seid ihre Puppen.

Im Land der Medienzombies denken die Menschen, dass sie miteinander leben, obwohl sie nur noch auf Bildschirme starren. Die Bildschirme haben eine Welt geschaffen, in der es nur noch darum geht, wie wir aussehen. Das Aussehen bestimmt alles. Das Herz ist nichts mehr wert. Liebe zählt nur noch, wenn sie genug likes auf Insta und Facebook bekommt.

Im Herzen ist Wahres, aber die Magazine, Bücher und Fernsehformate haben ein Bild von Mann Frau, Mann Mann, Frau Frau konstruiert, das unnatürlich ist, weil es mit dieser Fake Romantik gar nicht funktioniert. Es ist Fake Love. Denn es funktioniert nicht so wie in den Daily Soaps und den Hochglanzmagazinen. Das ist nicht natürlich, sondern das sind nur mediale Erfindungen.

Kann denn wahre Liebe wahre Liebe sein, wenn sie nicht aus unserem Herzen kommt? Ist es wahre Liebe, wenn sie aus dem entsteht, was uns gesellschaftliche Standards einreden? Das was von Medien verbreitet wird, von Werbeplakaten, von den Bildern, die sie an die Wände strahlen und auf unsere Bildschirme schicken; wie könnte das jemals wahre Liebe sein?

Mal ehrlich: Ist es nicht krank, wenn ein Mensch abends allein zuhause Fernsehen guckt oder an einer Konsole zockt. Ist das nicht jämmerlich? Was man alles schaffen könnte in dieser Zeit: sportlich, künstlerisch und was für Abenteuer dort draußen warten! Oh! Wie viele tiefgründige Gespräche verpassen diese Konsumenten. Sie gewinnen ein paar Bilder, aber verpassen ihr Leben. Denn die gemachten Bilder sind Fake-Feelings. Es sind Lügen einer Scheinwelt.

Ja, verdammte Scheiße, es stimmt wirklich! Viele Beziehungen heute scheitern, weil uns von den Apps, Raps und Filmen Vorstellungen über Beziehungen eingetrichtert werden, die nicht real sind. Die einfach nicht so funktionieren, weil sie einfach unnatürlich sind. Im Glauben, dass das was wir im Film sehen, wirklich ist, zerstören wir die Chance auf echte, wahre und jahrzehntelange Liebe. Indem wir ihnen glauben, rauben wir uns die Möglichkeiten auf Jahre und Jahrzehnte der Gemeinsamkeit.

Mit feigen Strategien haben sie sich zwischen uns geschoben. Sie haben sich zwischen das Verhältnis von Mann und Frau geschoben. Sie drängeln sich zwischen das Verhältnis von Vater und Sohn, Mutter und Tochter, Eltern und Kind, zwischen das Verhältnis von Freunden, zwischen das Verhältnis von Liebenden, zwischen das Verhältnis von uns allen. Sie haben sich dazwischen geschoben und flechten ihre Strategien ein. Sie beziehen alles auf sich und zerstören die natürlichen Bindungen, die menschlicher sind als alles andere sonst. Sie wollen Kontrolle. Sie wollen die Kontrolle über euch! Sie wollen kontrollieren, welche Produkte ihr konsumiert. Sie wollen bestimmen, wie ihr euch seht, wann eure

Haut, Augenfarbe, Hairstyling und eure Größe gut genug sind. Sie diktieren, welche Haarfarben gerade bevorzugt werden. Welche Kleidung ihr tragen sollt. Wann ihr euch mit welcher Kleidung gut fühlen dürft. Welche Medien ihr konsumieren dürft, damit ihr euch dazu gehörend fühlen dürft. Denn ihr werdet kein Teil davon sein, wenn ihr nicht ihre Informationen fresst. Ihr werdet herausgerissen, herausgezerrt, entflochten und einsam. Ihr werdet in die Ecke gedrängt.

Ihr könnt eure Mitmenschen nicht mehr so wahrnehmen, wie sie wirklich sind, nämlich als menschliche Mitmenschen. Ihr seht sie nur noch durch Filter, die euch die Medien eingetrichtert haben. Ihr nehmt sie wahr und stülpt die medialen Filter drüber. Da ein Pickel: Die Menschen kriegen heute Ekelgefühle bei den menschlichsten Dingen. Sie ekeln sich vor Muttermalen; wenn jemand zu groß, zu klein, zu fett ist. Sie regen sich über einen zu hohen BMI, zu wenig Muskeln und zu wenig Bildungszertifikate auf.

Die Welt des Scheins hat die Herrschaft über die Welt des Seins erlangt. Es zählt nicht mehr, ob du ein gutes Herz hast. Es zählt nur noch der Schein und die von Make-Up und OPs gemachte Schönheit. Anabolika gepushte Muskeln strahlen imposant. Das ist die neue Welt. Das ist die Welt des Scheins.

Schönheitswahn herrscht in der koreanischen Beauty-OP Diktatur. Sie führen einen Krieg gegen ihre Gene. Durchoperierte, zu menschlichen Maschinen dressierte Musiker haben eine toxische Fankultur geschaffen, die jedes, wirklich jedes Kriterium einer Sekte erfüllt. Ja, der Schönheitswahn hat ein Ausmaß erreicht, dass es eine Rassismus ähnliche Diskriminierungsform geworden ist. Die Fankultur des K-Pop erfüllt alle Merkmale einer manipulativen Sekte. Ihr Psychoterror erinnert zu sehr an Scientology.

Ihr seht die perfekten Bilder auf Tinder und all den Dating-Plattformen. Aber seht auch in ihre Augen! All diese Schönheit haben sie sich erarbeitet, weil sie dazu gehören wollten. Sie haben die Zeit in ihr Aussehen investiert, weil sie sich nicht für wertvoll genug hielten. Ihr anziehendes, bezauberndes, schönes und heißes Äußeres ist nur die Folge eines Minderwertigkeitskomplexes. Falls ihr euch jetzt fragt, woher dieses Gefühl des Unwertseins kommt, dann ist die Antwort: Es wurde von der Werbung gemacht.

Wenn eine Sache dazu führt, dass Menschen diskriminiert werden, dann ist das intolerant. Doch die Modebranche flößt den Menschen Vorurteile ein. Ist es nicht korrekt, die Modebranche im Ganzen als intolerant zu bezeichnen? Denn auch im heutigen Jugendwahn steckt eine gigantisch, große Portion Menschenverachtung.

Werbung drängt Frauen dazu, ihr ganzes Leben dem Aussehen zu widmen. Aber wenn sie sich nur dem Aussehen widmen, wann haben sie dann Zeit für die Liebe zu ihren Kindern? Ich will nicht deren Liebe anzweifeln. Aber wir alle wissen, es gibt Mütter, die mehr Fürsorge und Wärme geben als andere. Eine Frau, die ihr ganzes Leben nur Wert auf ihr Äußeres legt und darauf achtet, wie sie in den Sozialen Medien wirkt; wie viel Zeit hat sie dann noch, liebende Wärme auf hohem Niveau zu geben?

Schallendes Gelächter übertönte die anderen Tische. Aber es war ihnen egal. Sollten sie herübergucken und neidisch werden. Die alten Schachteln am Nachbartisch hatten sich schon echauffiert. Doch eine ihrer Freundinnen bumste regelmäßig mit dem Manager, also konnten sie sich alles erlauben. Sie wusste, ihr Gelächter musste teuflisch klingen. Aber so wusste jede, worauf sie sich einließ, falls sie nicht kuschte.

Überhaupt, was bildeten sich diese vertrockneten Omas ein? Unserer Beautyqueen war klar, dass deren Zeit vorbei war und die Zeit von ihr und und ihren Freundinnen begann. Die Alten sollten still und leise sterben gehen, dachte sie hämisch. Denn diese Welt brauchte keine halbtoten Omas und Opas mehr.

Ja, es gibt Alt und Jung und es gab immer alt und jung unter uns Menschen. Aber heute definiert sich jung sein darüber, bestimmte Musik zu hören und bestimmte Kleidung zu tragen. Aber die Jugend vor hundert Jahren hat so etwas nie getragen und sie war trotzdem die Jugend gewesen. Euer Kleidungsstil, euer Musikgeschmack macht euch nicht jung. Medien sagen, das ist es, was euch jung macht. Aber wenn ihr ihnen glaubt, dann werdet ihr nie erfahren, was jung sein wirklich bedeutet. Ihr werdet nie die Freiheit oder das Glück kennenlernen, das damit verbunden ist, falls ihr weiter auf beschränkte Art die Medien nutzt. Ihr werdet beraubt!

Ihr werdet beim alt und jung sein eurer Selbstbestimmung beraubt. Heute dürft ihr, den Weg der Selbstbestimmung wählen. Jahrhundertelang war das unmöglich, aber heute geht es. Lasst euch diese Freiheit nicht von den Medien rauben. Ihr habt zwar garantierte Freiheiten in dieser Gesellschaft, aber ihr müsst begreifen, dass viele euren freien Willen manipulieren wollen.

Alt werden ist schon so eine schwere Bürde. Es ist voll von Entbehrungen. Doch heute ist alt werden noch schwieriger. Die Medien haben das alt werden verdammt. Sie verbannen es von ihren Seiten und glätten jede Falte auf den Bildern.

Ich kann mir nicht ansatzweise vorstellen, wie hart es sein muss, in einer Welt alt zu sein, wo alt sein unsichtbar gemacht wird, vergessen gemacht wird, ausgelöscht gemacht wird. Genauso müssen sich unsere Alten fühlen: vergessen, unsichtbar gemacht und nicht wahrgenommen.

Alt und jung gab es seit dem Anbeginn der Menschheit. Aber so groß war der Graben zwischen ihnen noch nie. Der Graben wird von den Produkten ausgehoben. Denn auf alt und jung zugeschriebene Produkte definieren heute, was alt und was jung ist. Aber das ist nicht das, was seit Anbeginn der Menschheit alt und jung war. Sie zerstören das Band zwischen den Generationen.

Heute wurde eine Party in der Studentenverbindung gefeiert. Jeder Bursche würde seine Freundin mitbringen. Sie wollte heute die Schönste sein. Stundenlang hatte sie ihre Kleider gewechselt, bis sie das Perfekte hatte. Ihr Freund würde sie bald abholen, aber sie musste noch das Essen loswerden, dass sie vorhin mit ihren Freundinnen gegessen hatte.

Es war Zeit für ihr Ritual. Sie musste diesmal besonders aufpassen. Denn sie hatte sich schon ihre Haare gemacht und das Make-Up war auch schon fertig. Also Mund auf und Finger rein. Es röchelte. Es ekelte sie selbst an, sich so zu sehen, aber das war der Preis der Schönheit und sie war bereit ihn zu zahlen. Es kam. Das war gut. Leider kamen auch ein paar Tränen. Das war schlecht, denn jetzt musste sie ihr Make-Up nochmal neu machen. Aber auch das war okay, denn das war ihr Ritual.

Das meiste war raus. Noch einmal den Finger rein und dann war alles leer. Es kam und tropfte ins Klo. Plötzlich merkte sie, dass ihr schwindlig wurde. Das passierte ihr in letzter Zeit öfter. Wieso nur, fragt sie sich. Dann war es geschafft. Jetzt musste sie sich fertig machen, denn er würde bald da sein.

Ihr Freund kam wieder zu spät. Wie sie das hasste! Aber dann war er da. Sie liebte sein Auto. Es gehörte seinem Vater, aber eines Tages würde er auch so eines besitzen. Er war schon angetrunken. Das nervte sie noch mehr. In der Verbindung wurde immer getrunken, aber daran hatte sie sich gewöhnt. Wahrscheinlich brauchte sie auch nur ein paar Proseccos, um in Stimmung zu kommen.

Nichts verlief an diesem Abend wie geplant. Schon auf der Fahrt zur Verbindung kam es zum Streit. Er war betrunken und sie war gereizt. An der einen Kreuzung hatte er fast einen Unfall gebaut. Außerdem ignorierte er immer noch ihre Andeutungen übers Heiraten. Es war aber Zeit. Sein Staatsexamen war fast bestanden. Also worauf wartete er? Sie war die Beste, die er bekommen konnte. Das musste er doch einsehen. Aber auch heute verstand er ihre Andeutungen nicht und wieder zickten sie sich an. Langsam wurde das zu ihrer Gewohnheit.

Auf der einen Seite muss heute niemand mehr in Europa hungern. Auf der anderen Seite werden viele kleine, feine, arme Mädchen aufgeputscht und in die

Mager- und Brechsucht getrieben. Sie werden zu Frauen und bleiben doch Essgestörte. Es sind Mager- und Brechsüchtige, die alles hatten und doch vor den Augen ihrer Eltern verhungern und sterben. Sie gehen daran zu Grunde. Sie bekommen Haarausfall, verlieren ihre Zähne und bekommen viele andere Folgeerkrankungen. Verhungern in Europa gibt es also doch noch. Diese armen Mädchen werden aufgeputscht von den Medien. Verwirrt und manipuliert entwickeln sie ein komplett gestörtes Wahrnehmungsverhältnis ihres Körpers.

Es ist enorm, was es eine Frau kostet diese wunderschönen, begehrenswerten, anziehenden und magnifiquen Selfies zu produzieren. Es kostet sie Selbstaufgabe, Selbstverleugnung, Schmerz und Verzicht, nur um den Standards zu entsprechen. Es kostet sie mentalen Schmerz und psychische Zerrissenheit.

Natürlich ist eine der Ursache für die extreme Zunahme von Singles, das Bild, dass in Magazinen und im Internet dargestellt wird. Dieses Bild ist fake. Es ist eine Lüge. Es ist fernab von dem, was menschlich ist. Es ist kalt, oberflächlich, stumpf, hedonistisch und narzisstisch; und es ist ohne echte Tiefe.

Wie oft haben irgendwelche arroganten, beziehungsunfähigen Autorinnen dumme Artikel verfasst und online veröffentlicht. Irgendjemand hat das gelesen, geglaubt und dann innerhalb seiner Beziehung deswegen einen Streit ausgelöst. Wie viele gute, anständige Beziehungen sind so zerbrochen?

Schwenken wir zurück zu unserem Traumpaar. Sie waren endlich angekommen. Ihre Freundinnen waren zum Glück schon da. Damit war der Tag gerettet. Auch die jungen Füchse, die auf sie standen, überschütteten sie mit gierigen Blicken und Komplimenten. Es gefiel ihr, sich von all den schnieken Burschen umgarnen zu lassen.

Es wurde endlich eine gute Party. Die Jungs hatten glücklicherweise genug Prosecco besorgt. Sie kam endlich in Stimmung. Die alten Herren und jungen Füchse konnten kaum die Augen von ihr lassen. Es fühlte sich gut an, begehrt zu werden. Nur ihren Freund konnte sie nirgends sehen. Langsam nervte sie das, denn sie war hier wegen ihm. Er sollte sie beschützen und umarmen. Das war sein Job!

Sie machte sich auf, ihn zu finden. Wahrscheinlich war er oben in seinem Zimmer. Huch! Alles wackelte. Sie hatte scheinbar doch schon einiges getrunken. Oben lagen bereits die ersten Alkoholleichen herum. Es war wie immer peinlich. Dabei war es erst kurz nach Mitternacht. Der eine Bursche raunte ihr zu, dass sie dort besser nicht reingehen sollte. Warum, fragte sie sich? Es war das Zimmer ihres Freundes. Wahrscheinlich hatte er wieder gekotzt, weil er zu viel gesoffen hatte.

Was!? Das Bild war eine Katastrophe. Da saß ihr Freund auf seinem Sessel. Er war unübersehbar betrunken. Aber jemand anderes war hellwach. Die Hose ihres Freundes lag auf dem Boden und ihre „beste Freundin" hatte seinen Schwanz im Mund und blies ihn hingebungsvoll.

Sie schrie: „Wieso?" Ihre Freundin stoppte und sagte hämisch: „Das Beste für die Besten. Das ist doch dein Motto meine Süße!" Sie grinste sie noch einmal böse an, bevor sie weiter blies. Ihr Freund öffnete betrunken die Augen, aber alles was er zu sagen hatte, war: „Schatz, lass uns doch eine Beziehungspause einlegen." Dann kippte sein Kopf nach hinten auf die Sessellehne und ekliger Schleim tropfte aus seinem Mundwinkel. Ihre „beste Freundin" schien das nicht zu stören, denn sie blies kräftig weiter am besten Stück ihres jetzt Ex-Freundes.

Die nächsten Tage wurden die Hölle. Erst kamen die Tränen. Dann kam der Hass. Was blieb, war die Frage warum? War ihre beste Freundin einfach schöner als sie? Denn er hatte sich nicht gemeldet. Stattdessen waren auf dem Insta von dieser miesen Betrügerin Videos aufgetaucht, wie sie mit ihm in seinem Cabrio durch die Gegend fuhr.

Eines war klar, sie musste ihn zurückgewinnen. Sie brauchte neue Klamotten, neue Cremes, mehr Fitness und besseres Make-Up. Aber vor allem musste sie abnehmen. Denn es konnten nur ihre Speckröllchen am Bauch und Kinn gewesen sein, die ihn von ihr weggetrieben hatte.

Sie hatte sich Sorgen gemacht. Seit drei Tagen war kein Lebenszeichen von ihrer Tochter gekommen. Deshalb hatte sie sich ins Auto gesetzt und war nach Heidelberg gefahren. Sie klingelte mehrmals. Keiner öffnete. Langsam wurde ihr mulmig. Zum Glück hatte sie einen Ersatzschlüssel.

Die Tür ging auf. Es war dunkel. Es war stickig, aber es roch nach viel Parfum. War das ein gutes Zeichen? Im Schlafzimmer stapelten sich die Klamotten und die Schranktüren waren aufgerissen, aber ihre Tochter war nicht zu sehen.

Sie fand sie im Bad. Sie lag auf dem Boden. Erst dachte sie, sie wäre tot. Aber auf dem mageren Bauch bewegte es sich. Sie rannte hin: „Kind!?" Dann sah sie die Reste der Kotze um die Toilette herum und roch den Schleim. „Mama, hilf mir", röchelte es leise.

Alles was sie noch tun konnte, war es, den Notarzt zu rufen. Kaum fünfzehn Minuten später sah sie dem Blaulicht des Krankenwagens hinterher, wie er ihre Tochter in die Notaufnahme fuhr.

Xing

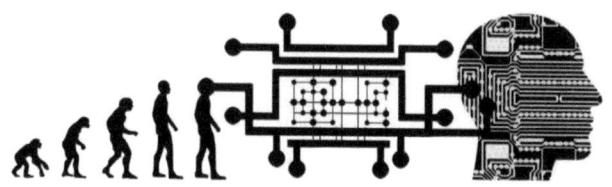

„Ahh!", er schrie, während er mit dem Kopf gegen die Wand hämmerte. „Halt!", hörte er den Sozialarbeiter schreien. Gleichzeitig spürte er etwas feuchtes von seiner Stirn tropfen. Er sah den Tropfen, wie er in Zeitlupe zu Boden fiel und einen roten Fleck auf dem pissgelben Bodenbelag bildete.

„Warum?", schrie ihn der Sozialarbeiter fragend an. Aber er hörte nicht zu. Er nahm stattdessen den Blumentopf und schleuderte ihn gegen die Wand. Die Wut darüber, dass sein Lehrer sein Handy eingezogen hatte, kochte immer heißer. Mama hatte gesagt, wenn das passiert, würde sie ihm das Handy für einen Monat abnehmen. Das würde er nicht überleben. Was sollte mit den ganzen Fortschritten in seinen Games passieren? Es machte ihn taub. Er spürte kaum, wie sie ihn ins Rektorat schleiften, während er nach ihnen trat.

Stell dir ein Kind vor, dass so viel hat wie wir, aber natürlich aufwächst ohne Fremdsteuerung. Ein Kind, das von klein auf Selbstbestimmung lernt und nicht permanent medial manipuliert wird. Stell dir dieses Kind vor und vergleiche es mit dem, was heute rauskommt. Was die Kinder von heute prägt, kann nur Gehirnwäsche sein. Es ist eine Gehirnwäsche, die von den gierigen Massenmedien gemacht wird. Diese Gehirnwäsche raubt uns die Kinder!

Wer erzieht denn unsere Kinder heute? Wer gibt ihnen Werte und prägt ihre Rollenbilder? Sind es Eltern und Erzieher? Nein! Es sind die Medien. Aber was sind Medien anderes als an Kapital interessierte Unternehmen. Sie richten ihre Wirkungen so aus, dass sie die Kunden von morgen formen können, wie sie es wollen. Denn sie wollen ihre Kunden maximal ausnutzen, um Gewinn zu machen. Wie soll so eine gute Welt entstehen? Was sind die Folgen davon? Krieg? Klimawandel? Hungersnöte? Hat nicht Putin durch kranke Medienpropaganda das russische Volk dazu gebracht, die Ukraine zu bombardieren? Denn es ist krass: das russische Volk ist so sehr indoktriniert worden, dass sie wirklich glaubten, ein jüdischer Präsident könnte der Anführer eines Nazi-Staates sein?

Unsere Familien zerfallen eine nach der anderen. Die Großfamilien wurden zu Kleinfamilien und selbst diese zerfallen nach und nach. Nichts bleibt. Wenn dann die Kinder aufwachsen, haben sie nie kennengelernt, wie Menschen wirklich sind. Alles was sie über das menschliche Zusammenleben wissen, haben sie aus geglätteten Serien, Filmen und Daily Soaps. Dann verlieben sie sich und erkennen wie Menschen wirklich sind. Sie sind angeekelt, weil sie die Natürlichkeit des reinen Menschseins nie kennengelernt haben. Dann rennen sie davon, weil sie verwirrt sind. Aber es hört nicht auf! Sie versuchen es wieder und scheitern erneut. Dann werden sie einsam, leben allein und werden verbittert. Single-Haushalte dominieren in den Großstädten.

Wir haben die Geschichte aufgeschrieben, um die Fehler der Vergangenheit nicht zu wiederholen. Doch guckt euch die Medienjunkies von heute an. Ihre Gedächtnisse sind zu Sieben geworden. Die ganze mediale Strahlung hat ihre Erinnerungen löchrig gemacht. Sie können sich an nichts mehr erinnern. Wenn es so weiter geht, sind wir gezwungen, die Fehler der Vergangenheit zu wiederholen, weil unsere fehlende Erinnerung es uns nicht sehen lässt, uns nicht lernen lässt, weil sie einfach weg ist. Was passiert, wenn uns die Action-Filme zu sehr abstumpfen? Werden wir dann auch die grausamen Folgen eines Krieges vergessen?

Wir werden gar nicht auf das vorbereitet, was kommt. Was ist, wenn unsere Eltern sterben? Wie gehen wir mit unseren Gefühlen um? Wir werden nicht darauf vorbereitet, richtig mit Technik umzugehen. Aber wir leben in dieser extrem hochtechnisierten Welt. Uns wird nur beigebracht, sie zu konsumieren. Dann beginnen sie unsere Leben mit Werbung zu kontrollieren und wir werden unfrei. Die Zahl derer, die zu emotionalen Wracks werden, steigt zunehmend ins dramatische.

Wer ist Schuld? Denn beschuldigt nicht die Schule. Die hat euch kaum interessiert, seit ihr das erste Mal Teenager genannt wurdet. Sie hatte kaum Einfluss auf euch. Beschuldigt die Medien! Sie haben euch alles eingetrichtert. Beschuldigt auch nicht die falschen Freunde, die wie ihr von den Medien kontrolliert wurden. Medienmogule erzeugen Abhängigkeiten. Ihr lebt in totaler Unwissenheit über den Zustand der Welt, trotz der gigantischen Datenmengen, die jeden Tag auf euch einströmen.

Sie putschen eure Gefühle auf. Eure Emotionen werden auf ein Maximum getrieben, bis sie kurz vorm Explodieren sind. Wenige rasten dann wirklich aus. Die meisten sind zu feige. Sie implodieren stattdessen. Es zerreißt sie innerlich. Depressionen und Zwangsängste nisten sich ein und terrorisieren ihre Opfer Tag und Nacht.

All diese aufgeputschte Gefühle kommen von den Actionfilmen und Rapsongs. Sie peitschen einen Sturm los, der sich entladen muss. Nur wenige explodieren dann wirklich und besorgen sich Waffen, mit denen sie in Schulen und Einkaufszentren Massaker verüben. Die meisten zerreißt es innerlich.

Sie implodieren einfach. Es tobt, zerstört und enthemmt euch vor euch selbst, bis ihr euch auf undenkbar, demütigende Art erniedrigt.

Macht der Internetkonsum psychisch labil? Ist das die Ursache für den enormen Anstieg an psychisch Gestörten in den letzten Jahren? Diese enorme Anzahl an psychisch kaputten Menschen ist verwunderlich, denn diese Generation hat mehr Privilegien und Rechte als jede Generation vor ihnen. Also stellt euch die Frage: Macht der Internetkonsum unsere Kinder zu psychischen Wracks?

Eitriger, digitaler Kleber wickelt sich um unsere Synapsen. Er frisst unsere Menschlichkeit auf. Die Infizierten werden zu kalten, ausgehöhlten Medienzombies. Lasst sie zwei Tage ohne ihre Medien sein und sie kriegen Entzugserscheinungen. Sie zappeln, zittern, kreischen und schreien wahnhaft. Ihre ganze Welt stürzt zusammen, denn zur echten Welt haben sie keine Beziehung mehr. Ihre ganze Welt ist digital. Nehmt ihnen ihre Smartphones weg und sie verhalten sich wie Zombies. Passt auf, dass sie euch dann nicht auffressen!

Er schreit wieder. Dieses Stück Scheiße von Rektor will ihn belehren? Aber was weiß der schon! Der ist nicht Ironman, nicht Batman oder Thor. Der hat nicht Mal eine Knarre und rappen kann der auch nicht. Dieser Loser hat ihm gar nichts zu sagen. Der hat schon gar nicht das Recht, ihm sein Handy zu klauen.

Bald wird seine Mutter da sein, aber das ist okay. Er weiß schon, wie er sie auf seine Seite kriegt. Schließlich ist sie allein und hat außer ihm niemanden. Er weiß nicht viel, aber Mum zu manipulieren, ist für ihn eine Kleinigkeit. Denn sie ist emotional von ihm abhängig.

Niemand der logisch denken kann und Menschen versteht, kann noch daran zweifeln, dass ein zu hohes Maß an Medienkonsum die Wahrscheinlichkeit dramatisch erhöht, psychisch gestört und geistig krank zu werden. Jede Vernünftige muss einsehen, dass hoher Medienkonsum zwischenmenschliche Beziehungen schädigt. Seid ihr bereit diesen Preis zu zahlen?

Er sitzt im Wartezimmer des Rektors. Die Sekretärin nervt. Sie tippt ständig in ihren Computer und versucht ihn mit bösen Blicken zu strafen. Als ob ihm das was ausmachen würde. Aber das sie immer noch sein Handy haben, das stresst ihn. Sie könnten ihn wenigstens kurz Ressourcen ernten und ein kleines Level durchspielen lassen. Er denkt, dass es Zeit wird, das Handyentzug als Verbrechen anerkannt wird.

Wir Menschen sind in unserer natürlichen Menschlichkeit unfassbar stark gestört von den Medienbildern. Beste Freundschaften zerbrechen heute so leicht wie rohe Eier. Gleichzeitig werden Memes produziert, die verkaufen, dass sich beste

Freunde daran erkennen, dass sie die schlimmsten Witze übereinander machen dürfen. Wie herzlos kann soziale Intelligenz sein?

Menschen fangt doch an, nachzudenken, statt wie Zombies Bildern zu folgen und euer Leben danach auszurichten! Mit ihren Bildschirmen machen sie alles tiefgründige und schöne Miteinander unmöglich. Es ist Zeit für einen Restart! Oder wollt ihr einsam und verbittert vor der Glotze sterben?

Die so genannten neuen Medien haben eine neue Stufe der Entfremdung eingeläutet. Der Mensch ist dem Menschen so fremd geworden. Manche sind von ihrem Medienkonsum so gestört, dass sie sich selbst fremd werden. It´s the Next Level of Entfremdung. Es ist die Fremdheit in sich selbst. Sie werden zu Fremden ihrer eigenen Gefühle, weil die Bestrahlung mit all diesen Hyper-Emotionen sie gar nicht mehr in sich selbst zur Ruhe kommen lässt. Sie finden nie heraus, wer sie wirklich sind. Depression, Verwirrung, Entfremdung zu sich selbst und zu den anderen sind die Folge. Diese Leute finden nicht mehr in ihren eigenen Flow. Sie schaffen es weder mit den eigenen Gefühlen, noch den Mitmenschen in Einklang zu kommen. Es folgt die totale Entfremdung und Einsamkeit inmitten von Menschenmassen.

Das Digitale ist überall und die Leute vergessen die reale Welt. Sie werden reingesaugt in die Bildschirme. Sie schmeißen ihre eigene Geschichte für die Geschichten aus Hollywood weg. Sie wandeln in der echten Welt wie Zombies. Sie werden immer dümmer, denn es ist, als ob die Bildschirme ihre Intelligenz auffressen. Es ist, als ob sie reingezerrt werden. Ihre Gedächtnis scheinen gestört zu werden, als ob sie kaum noch an gestern denken können, weil die Informationsdichte so groß ist, dass sie es kaum verarbeiten können. Aber sie können nicht aufhören. Denn sie verhalten sich wie Junkies. Sie verlieren ihre Menschlichkeit und degenerieren zu programmierten, triebgesteuerten Biomaschinen. Gesteuert werden sie immer seltener von Menschen, dafür aber von KI-Algorithmen. Es ist eine künstliche Intelligenz, die wie eine riesige Spinne, ihre Beine in die Köpfe der Menschen gerammt hat und sie wie Marionetten steuert.

Die Bildschirme betreiben derzeit global die Zerstörung des Natürlichen. Doch alles was wir sind, ist natürlich. Unsere ganze Rückbesinnung ist Natur. Die Zerstörung des Natürlichen ist die Zerstörung unseres Grundes. Aber wir entstammen aus ihr. Wir sind aus Natur gemacht. Unsere Wurzeln werden gekappt und wir werden zu wurzellosen Wesen. Aber ohne Wurzeln werden wir zu hilflosen Blättern im Wind. Jeder Sturm weht uns davon.

Während ihre globale Strategie des Ent-Natürlichens voranschreitet, schreitet gleichzeitig die Zerstörung der Natur voran und tötet die Grundlage des Lebens. Gibt es einen Zusammenhang zwischen dem steigenden Medienkonsum und dem weltweiten Klimawandel?

Denn während sie auf ihre Bildschirme starren, stirbt die Welt. Sie konsumieren, was die Bildschirme ihnen sagen, aber von ihrem Konsum stirbt die Welt. Sie bauen sich eine zweite, virtuelle Welt und gleichzeitig stirbt die erste Welt. Doch wenn die echte Welt stirbt, dann werden auch die Server und Computertürme sterben. Dann werden auch die virtuellen Welten zu Grunde gehen.

Mama hatte ihn schließlich abgeholt. Es hatte ihn angewidert, wie sie vor dem Rektor gebuckelt hatte. Wie konnte sie das vor so einem Loser tun? Vor so einem konnte man keinen Respekt haben. Er schämte sich für sie. Zuhause angekommen, kochte sie für ihn. Dabei weinte sie leise. Das war okay. Das tat sie dauernd. Hauptsache war, dass sie ihm das Handy wieder gegeben hatte und er seine Games weiterspielen konnte. Er konnte endlich wieder Ressourcen sammeln und Level schaffen. Vorhin in der Schule hatte er dafür viel zu viel Zeit verloren.

Eine Legende geht um die Welt. Sie besagt, dass die Ureinwohner Nordamerikas glaubten, ein Fotoapparat fängt die Seele ein. Die jetzige Generation mit ihrem Instagram, TikTok, Snap und Twitter beweist, dass es stimmt. Ihre Seelen sind in die Bilder gebannt. Ihr sonstiges Selbst ist ausgesogen und leer gesaugt. Ist es ein Virus, der aus den Geräten in die Köpfe der Menschen springt und ihre Persönlichkeit auffrisst? Guckt euch die Entwicklung der Fotos an. Desto besser die Fototechnik wird, desto weniger Menschen scheinen drauf zu sein. Das Selfie ist zum Standard geworden. Aber was zeigt es anderes als soziale Abkapselung?

Erzogen, geprägt und manipuliert zum perfekten Konsumenten. Aber sie erziehen euch nicht, prägen euch nicht und formen euch nicht zum freien Menschen. Ihr werdet gegrillt. Eure Egos werden heiß gekocht. Ihr müsst eure Triebbefriedigung maximieren. Ich. Ich. Ich. Eure Ichs sind unfähig mit dem Du lange zusammen zu sein, ohne dass euer Ich explodiert. Zu viele ziehen sich in den reinen Konsumrausch zurück.

Immer mehr ziehen sich zurück und konsumieren in Massen. Sie denken, das wäre wahres Glück. Das geht immer so weiter. Es wächst exponentiell. Luxus. Konsum. Alleinkonsum. Produkte über Produkte werden angehäuft. Schein herrscht vor. Niemand ist mehr echt in dieser Welt. Sie fressen die Welt auf. Ihr Konsum ist die Säge, mit der sie den Ast absägen, auf dem sie sitzen.

Trolle treiben ihr Unwesen im Netz. Manche sind unabhängig, manche werden von Regierungen ausgesandt. Im Netz haben sie es mit ihren Hasskommentaren geschafft, eine einzigartige Chance zu zerstören. Denn mit dem Internet hätte eine heilere Welt geschaffen werden können. Bots betrügen und gaukeln Menschlichkeit vor. Woher weißt du, wer am Ende der Leitung noch echt ist?

Erinnert euch daran, als Michael Jackson den Earthsong sang. Viele waren bewegt vom Glauben an eine bessere Welt. Alle glaubten endlich würden Frieden und Hoffnung siegen. Besonders nach dem Ende des kalten Krieges gab es Hoffnung.

Dann kam der kalte Krieg mit dem ukrainischen Krieg zurück in unser Leben. Er tobte schon bevor echte Waffen eingesetzt wurden im Internet und im TV. Er tobte überall in den interaktiven Netzen. Das waren wahre Medienschlachten. Vieles ist zurückgekehrt, von dem wir dachten, es losgeworden zu sein. Die Bitterkeit, die Angst, die tiefe Verunsicherung zwischen den Menschen ist mit voller Breitseite zurückgekehrt.

War der Aufstieg der 1930er Diktaturen begründet durch den stumpfsinnigen Hedonismus der goldenen Zwanziger? War es der stumpfe Konsum, der die Chance nach dem ersten Weltkrieg zerstört hatte, eine wirklich bessere Welt zu schaffen? Falls das stimmt; stimmt es dann auch, dass wir gerade unsere Chance verbrannt haben, eine bessere Welt aufzubauen?

All die „verlockenden" Zeitverschwendungen des Zockens, die endlosen Parties und die Reisen; sind sie die Ursache für den morgigen Weltuntergang? Es sind

Dinge, die Zeit verschlingen. Zeit, die wir bräuchten, um die Katastrophen abzuwenden, die sonst über uns hereinbrechen und alles zu Grunde richten, was wir aufgebaut haben. Ja, die Welt kann gerettet werden, aber nicht wenn wir unsere Zeit mit stumpfem Konsum verbringen. Nobel geht die Welt zugrunde.

Wenn dann die Bomben explodieren, werden wir leiden. Denn die Unfähigkeit miteinander zu kommunizieren, wird immer so enden. Ihr berauscht euch hingebungsvoll in den Medienwelten, aber eure Pflichten in der echten Welt vernachlässigt ihr. Die Legende sagt, die goldenen Zwanziger waren ein Egorausch und auf sie folgte der Aufstieg von Superdiktaturen ungeahnten Ausmaßes. Das Ich des Führers gepanscht in purem Narzissmus fraß die Menschen auf. Wir könnten daraus gelernt haben. Wir könnten verhindern, dass es wieder passiert. Aber seht euch die Welt genau an! Tut die Mehrheit der Menschen wirklich etwas, um zukünftige Kriege und Diktaturen zu verhindern?

Du bist zu einer Datenblase geworden, die größer ist als manche Königreiche der Antike. Deine gesammelte Informationsdichte übersteigt die von Städten aus dem Altertum. Aber du bist allein. Du bist eine Blase aus Daten.

Wir wissen mehr und sammeln mehr Informationen als je zuvor. Aber unsere Gedächtnisse gehen zu Grunde und wir werden dümmer und dümmer. Das

Land füllt sich mit Idioten. Die Bildschirme sind Erinnerungsfresser geworden. Sie überschütten euch mit Informationen. Daily Soaps. Werbung. Nachrichten mit oder ohne Untertitel. Ihr seid so randvoll mit deren Informationen, dass ihr euer eigenes Leben vergesst.

Szenen. Server. Die Programme entladen und trashen. Sie senden und erreichen die Nutzer und manipulieren sie. Es sind Szenen gemacht von automatischen Programmen. Es gibt Nutzer, die ihr unabhängiges Leben komplett aufgegeben haben und in Abhängigkeit von Maschinen leben. Sie sind Marionetten der Maschinen geworden.

Szenen sammeln. Server blinken. Es gibt sterbende hungernde und leidende Kinder an allen Ecken der Welt. Aber die Menschen laufen nur mit ihren Tech-Geräten herum. Sie starren drauf und sehen nicht mehr wie Krankheiten, Seuchen und Diktaturen sich ausbreiten. Denn durch ihre Bildschirme, Brillen und implantierten Chips sind sie völlig an ihre digitale zweite Welt gefesselt.

Er erwacht, aber es ist still. Wo ist Mum? Er schaut auf sein Handy. Er müsste längst in der Schule sein. Wieso hat sie ihn nicht geweckt? Also gut, los geht's, auf in die Küche. Er hat schließlich Hunger.

Hallo? Wieso hat sie nicht einmal Frühstück gemacht? Kann sie gar nichts mehr richtig machen? Es ist so still. Wo ist sie? Hat sie etwa verschlafen? Er schaut in ihr Zimmer. Es ist leer und das Bett ist ungemacht. Da, die Badezimmertür ist zu. „Mama!" ruft er. Kein Antwort. Es ist nicht abgeschlossen, also kann er nachschauen. Er öffnet die Tür ganz langsam, denn er will Mama nicht nackt sehen. Er schaut vorsichtig rein. Sie liegt in der Wanne. Sie ist eingeschlafen. „Mama, beeil dich, ich habe Hunger!" Sie antwortet nicht.

Er findet, sie sollte sich schämen. Er ist ihr Sohn und sie sollte sich gefälligst um ihn kümmern. Er berührt ihren Arm und schüttelt. Komisch! Wieso hat sie diesen roten Badezusatz genommen. „Mama!" Er schüttelt stärker. Nichts. Sie bewegt sich nicht. Er schüttelt immer fester. Das Wasser spritzt bereits auf den Boden. Endlich gehen ihre Augen auf. Doch sie sind leer. Dann rutscht ihr Kopf unter Wasser. „Mama! Mama! Mama!"

„Sie haben ihn hier gefunden", sagt die Sozialarbeiterin, „seine Mutter muss schon einige Tage tot gewesen sein. Sie lag in der Wanne mit aufgeschlitzten Armen. Er war in seinem Zimmer und spielte mit seinem Handy. Als sie mit ihm reden wollten, reagierte er nicht. Aber er wurde aggressiv, als sie ihm das Handy wegnehmen wollten. Er hat geschrien und um sich getreten. Mich hat er in die Hand gebissen, bis ich das Handy fallen ließ. Sie mussten mich desinfizieren. Dann saß er wieder da und spielte, als ob nichts passiert wäre."

Wir setzen unsere Schritte in der echten Welt: der Kieselstein rollt über den Sand. Aber jetzt haben wir die VR Brille aufgesetzt und alles angeschlossen. Jetzt setzen wir unsere Schritte in der virtuellen Welt: der Kieselstein rollt über den digitalen Sand. Diese virtuellen Welten entstehen. Sie bleiben und werden dominant. Zugleich existiert unsere echte Erde weiter. Doch sie geht gerade zu Grunde. Sie stolpert weiter bergab. Immer mehr Erdenbewohner fühlen sich einsam, abgeschnitten, entfremdet und verloren.

Alkoholsucht ist schlimm. Aber nachdem was wir in den letzten Jahren gesehen haben, ist Internetsucht schlimmer. Denn sie zerreißt sogar das Band zwischen Kindern und Eltern. Das hat Alkohol bei all seinen aggressiven Auswirkungen und seinem Wahn nicht so schlimm verursacht.

Ihm wird klar, dass es jetzt schon drei Jahre her ist, dass sich diese Schlampe von Mutter umgebracht hat. Sie hat ihn geboren und sie hätte die Pflicht gehabt, sich um ihn zu kümmern. Aber sie hat sich feige davor gedrückt, indem sie sich umgebracht hat.

Die Erzieher hier findet er auch nicht besser. Aber zum Glück haben sie genauso schnell wie Mama begriffen, dass es besser ist, ihn spielen zu lassen. Denn sonst kann er sehr aggressiv werden. Genauso wie Mama haben sie schnell gelernt, Angst vor ihm zu haben. Es gefiel ihm immer, wenn Mama Angst vor ihm hatte und es gefällt ihm auch jetzt, die Angst in den Augen der Erzieherin zu sehen.

Befreit euch von den Bildern, die sie euch eingepflanzt haben. Durchschneidet die Schnüre der Abhängigkeit mit denen sie euch manipulieren. Macht eure Smartphones aus und löscht alle Apps! Wo soll das sonst enden?

Der Klimakollaps steht bevor. Der Kommunismus will die Welt versklaven. Russische Neo-Nazis warten nur auf die Chance, ihr Land zu vergrößern. Wollt ihr TV gucken und Handy zocken, während das passiert? Oder wollt ihr rausgehen und mithelfen, das zu verhindern, damit die Kinder von Morgen noch lachen können?

Heute gibt es immer mehr Kinder, die ganz durchschnittliche Menschen nicht mehr angucken können. Sie halten sie für hässlich und abstoßend, weil sie nicht den Schönheitsidealen entsprechen, die sie im Fernsehen, auf Instagram, Facebook oder bei Tiktok sehen. Das ist Menschenverachtung auf einem neuen Niveau. Internet und Werbung kreieren Hass!

Produkte haben Gräben zwischen den Menschen ausgehoben. Ihr seid glücklich mit euren Kopfhörern auf dem Kopf in der Mitte der größten Stadt, weil ihr diese Musik hört und diese tollen Klamotten tragt. Aber ihr wisst, es hält nur so lange, wie eure Produkte euch befriedigt genug halten.

Irgendwann kommt dieses innere Loch zurück. Ja, das Loch kommt immer wieder, weil eure Produkte verhindern, dass ihr wirkliche Tiefe lebt. Dieses Loch wird immer wieder kommen, bis ihr über eure oberflächlichen Produkte hinausgeht zu jener wahren Tiefe, die euch mit euren Mitmenschen und der Welt wirklich in Verbindung treten lässt.

Die Jahre flogen dahin. Die Schule nervte weiter. Aus Handy zocken wurde Minecraft und aus Minecraft wurde Fortnite. Dann kamen endlich die Ego-Shooter. Das war die Krönung. Denn es war ein befreiendes Gefühl einen Headshot zu schaffen.

Die Schule endete irgendwann. Er schaffte knapp den Abschluss. Er war froh, dass es vorbei war. Er hatte es gehasst. Nach dem Tod seiner Mutter hatten ihn die anderen Kinder noch mehr gemieden. Es schmerzte, aber er konnte zocken und vergessen. Zum Glück war er nicht so, wie die anderen. Denn sie waren Schafe des Systems. Dafür hasste er sie.

Seine Rettung war der Schützenverein. Zocken hatte irgendwann nicht mehr gereicht, um seinen Frust loszuwerden. Aber beim Schießen konnte er richtig Frust loswerden. Er war sich sicher, die Welt bräuchte mehr wie ihn. Er war ein Krieger. Die ganzen Schwuchteln und Schlampen in der Schule waren Abschaum. Immer wenn er abdrückte, stellte er sich einen von ihnen vor. Das machte ihn glücklich und ließ den Schmerz für einen Moment verschwinden.

Schießen war das Einzige, das noch besser war als zocken.

Nach der Schule begann er eine Ausbildung in einer Werkstatt. Die Lehrstelle kotzte ihn zwar an, aber es gab genug Geld für eine kleine Wohnung und für ein paar eigene Waffen. Er träumte von einer Schrotflinte, einer Walther und einem eigenen Sturmgewehr. Das Sturmgewehr war zwar illegal, aber er kannte jemand, der es ihm besorgte.

Hinten im Wald konnte er schießen üben, ohne das es jemanden störte. Das brauchte er auch. Denn der Frust stieg wieder. Die Schule hatte er irgendwie geschafft. Er hatte es gehasst und gehofft, damit wäre es vorbei. Aber sein Meister und die anderen Azubis nervten genauso. Sie zogen ihn pausenlos auf und nannten ihn ein behindertes Waisenkind.

„Das war Absicht"; platzte es laut aus ihm heraus. Er schrie und hämmerte mit den Fäusten gegen die Wand. Heute war der Tag der Abschlussprüfung gewesen. Der Meister hatte ihn absichtlich durchfallen lassen. Die anderen waren nicht besser als er, aber die hatten bestanden. Das war Mobbing und es war Zeit, dass er sich rächte. Es war Zeit, ihnen beizubringen, dass es ein Fehler war, sich mit ihm anzulegen. Es war Zeit der Welt zu zeigen dass er ein richtiger Mann war. Er war ein Krieger und sein Meister sollte das erkennen.

Eine Stunde später schrillten die Polizeisirenen vor der Werkstatt. Irgendwas schrien die Bullen durch ihr Megafon, aber das interessierte ihn nicht. Denn er genoss das Gefühl, dass ihn sein Meister endlich angsterfüllt anstarrte. Er liebte dieses Gefühl und es war die gerechte Strafe dafür, dass sie ihn hatten durchfallen lassen. Neben seinem Meister kniete auch Azubi Tim. Dieses arrogante Arschloch hatte er immer schon gehasst. Es war Zeit für ihre Strafe. Er genoss noch einmal das Gefühl der Angst in ihren Augen, während sie vor ihm knieten. Dann drückte er ab.

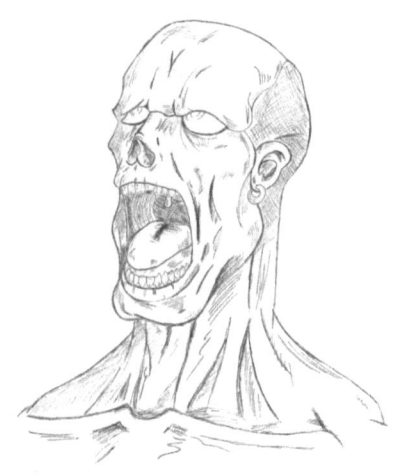

Altru-Tech

Er sah in sein Gesicht. Er tastete es ab. Das war er und so wollte er sein. Sein Vater war deswegen ausgerastet und hatte die Familie verlassen. Für ihn sollte er die kleine Tochter bleiben, die sich sein Vater immer gewünscht hatte. Aber er hatte sich entschieden, die Wahrheit seines Herzens zu leben.

Das war er und es sollte seine Botschaft sein. Statt dem stumpfen Äußeren zu folgen, ging es um die Wahrheit des eigenen Herzens. Das war seine unmissverständliche Botschaft. Diese Botschaft sollte ihm bei seinem Aufstieg begleiten. Denn er hatte hart gearbeitet.

Er band sich die Krawatte. Denn heute war ein neuer Meilenstein erreicht. Er war direkt in den Bundestag gewählt worden. Nach den Jahren harter Arbeit und den Widerständen gegen Transmenschen hatte er das Unmögliche möglich gemacht und es war nicht nur Glück gewesen. Natürlich war es auch Glück. Er hatte sogar viel Glück gehabt und war sehr dankbar dafür. Aber die langen Stunden, manchmal mehr als zwölf Stunden täglich und das sieben Tage die Woche, hatten sich schließlich ausgezahlt.

Er wusste, die Welt stand an der Schwelle zu einer neuen Zeit. Es war die Schwelle, an der Menschen entschieden, ob sie moralisch gesteuerte Maschinen haben werden, die ihnen helfen oder Killerroboter, die Amok laufen. Diese Entscheidung traf die Welt heute. Es stellte sich die Frage, ob wir lernen könnten mit Maschinen auf eine intelligente und weise Art umzugehen. Dafür müssten wir aufhören nur Konsumenten zu sein. Denn er wusste, fingen sie nicht an, vernünftig damit umzugehen, dann wird das in die falsche Richtung führen.

Die falsche Richtung wird irgendwann in Killerrobotern enden. Ihr entscheidet mit, ob es so kommen wird. Durch die Faulheit und das Desinteresse der Politik könnte es wahr werden. Die Verantwortungslosigkeit der Massen tötet die Kinder von morgen, selbst wenn es erst in fünfzig oder hundert Jahren geschieht. Die Heutigen werden die Schuldigen sein!

Kurz gesagt, gibt es zwei Wege. Die Technik zu nutzen, um mit ihr ein besserer, ein fähigerer, ein heilerer Mensch zu werden. Oder sie zu nutzen und dabei ein stumpferer Mensch und reiner Konsument zu werden. Das sind ehrlich gesagt die beiden Wege, zwischen denen ihr wählen könnt. Trotz aller Mischformen; es gibt keinen Mittelweg in diesem Fall! Entscheidet, ob ihr technische Helfer oder Killerroboter wollt!

Ihr wollt keine neue Diktaturen, dann müsst ihr den Aufstieg der Technokraten verhindern. Ihr wollt nicht, dass die Technokraten uns beherrschen wie früher die Hitlers und Stalins. Dann müsst ihr aufhören Technik nur als Konsumenten zu nutzen. Nutzt sie stattdessen als selbstbestimmte, freie und moralische Wesen.

Die Befreiung kommt nicht durch einen vollkommenen Verzicht auf Medien, sondern durch eine Neusteuerung der Nutzung der Medien. Zieht euch zurück von ihren Dreckswerbeangeboten und den Rollenbildern, die sie euch verkaufen. Macht euch eure eigene Musik, eure eigenen Filme, schreibt euch eure eigenen Programme, baut euch eure eigenen kleinen Roboter. Seid besser als sie, aber werdet keine Puppenspieler. Denn mehr wollen diese Medienmogule und Social-Media Gurus nicht sein. Sie wollen mit euch spielen wie mit Marionetten.

Es geht nicht um den Verzicht. Sondern es geht um die Rückeroberung von menschlichen Freiräumen. In diesen Freiräumen ist Technik willkommen und gern gesehen; solange sie nicht manipuliert und sich unterbewusst einschleicht. Denn das führt sonst zur Degeneration des Zwischenmenschlichen.

All die Technik bietet euch die Chance auf eine neue Tiefe, wie es sie vorher nicht gegeben hat. Bisher berauschten wir uns nur damit und haben sie stumpf konsumiert. Aber das Potential, dass sie bietet, ist die Chance auf eine neue Tiefe in unserem moralischen Dasein. Wann fangen wir an, das zu nutzen?

Sie wollten neue Gesetze zur Überwachung. Er aber wollte der Kämpfer werden, der das verhinderte. Sie waren die Lobbyisten, die davon träumten alles zu skalieren, um den Profit auf ein Maximum zu treiben. Er war der, der wusste, wie es war, ausgegrenzt und fremdbestimmt zu werden. Er wollte der Held sein, der die unsichtbaren Ketten sprengte, welche die Menschen an ihre TV-Geräte fesselte.

Lebt ihr schon oder guckt ihr noch fern? Lebt euer Leben! Aber wenn ihr vor der Glotze sitzt, dann lebt ihr nicht. Ihr seid wie eine Leiche, die auf einen Bildschirm starrt, auf dem das Leben nachgespielt wird, während das Leben an euch vorbeiläuft. Die Helden in den Filmen starren nicht pausenlos auf Bildschirme. Das wäre langweilig und so könnten sie nie zu großen Helden werden.

Offensichtlich leben wir heute in einer Welt, die an einem riesigen Abgrund steht. Dieser Abgrund ist größer als jemals zuvor in der Menschheitsgeschichte:

atomare Bedrohung, Klimawandel, Inflation, Seuchen, die Rückkehr des kalten Krieges und das Wettrüsten. Und das alles kommt auf einmal. Es ist genau der Moment, an dem wir dringend eine höhere Art von Intelligenz entwickeln müssten. Denn wenn wir uns zusammen hinsetzen würden, könnten wir als Menschheit geistig wachsen. Stattdessen fokussieren wir uns auf unseren BMI, unser Aussehen, unsere Muskeln; weil die Medien ihre Bilder damit volltrichtern und uns das als Ideal verkaufen. Gleichzeitig wachsen uns die Probleme über den Kopf, die mit der richtigen Art der Intelligenz verringert oder gelöst werden könnten.

Ja, die Rückkehr zu uns selbst und die Erkenntnis unseres wahren, inneren Wesens bedeutet die Aufgabe all der Fernsehrealitäten, die wir in uns aufgesaugt haben. Spuckt sie aus! Kotzt sie aus. Vergesst die Filme. Es sind gemachte Lügen, die euch davon abhalten, das Abenteuer eures Lebens zu leben.

Alles! Beinahe alles könnte die jetzt vorhandene Technik einfacher und unkomplizierter machen. Aber so wie es jetzt ist, macht sie alles viel komplizierter. Diese Welt verhält sich idiotisch. Statt die Dinge zu vereinfachen, wird alles unnötig kompliziert gemacht. Statt Probleme zu lösen, schaffen sie ständig Neue.

Eben war er vereidigt worden. Er hatte vorher nicht gewusst, wie nervös er sein konnte. Es war nichts besonderes gewesen. Normalerweise blieb er cool. Er liebte es vor Publikum zu stehen. Er liebte es öffentlich Reden zu halten. Aber diesmal fühlte es sich an wie bei einer Hitzewelle im Sommer. Seine Hände waren schwitzig und klebrig geworden. Er hatte die nassen Stellen in seinen Achseln gespürt. Doch das war der Moment, von dem er immer geträumt hatte und es sollte erst der Anfang werden.

Er wollte ein Zeichen setzen. Denn er hatte eins verstanden: die Welt stand an einer historischen Schwelle. Eine Zeit wie diese hatte es nie zuvor gegeben. Es war seine Generation, die für lange Zeit entscheiden würde, ob das Morgenland düster und traurig oder strahlend und glücklich sein würde.

Er hatte verstanden, dass es verschiedene Arten gab. Die einen nutzten Medien und erwachten zu einem höheren Bewusstsein. Die anderen nutzten Medien und wurden stumpf. Sie wurden zu hirnlosen Zombies. Sie entfremdeten sich von ihren Eltern, ihren Freunden, den Kinder und der Welt. Sie entfremdeten sich von sich selbst. Es geschah, weil ihre Egos von der Triebsteuerung der Medien so extrem aufgebläht wurden. Es war die Folge jahrzehntelanger, medialer Propaganda!

In der Zukunft stand ein heller und ein dunkler Spiegel. Der eine führte hinab ins Elend, der andere führte hinauf ins Paradies. So ist es auch mit der Technik. Sie kann uns in die schlimmsten Zeiten führen. Sie kann das Land in eine tiefe Depression stürzen oder zu schlimmster Gewalt führen. Es gab aber auch einen anderen Weg. Er führte in ein erfülltes und glückliches Leben. Es könnte ein technisches Paradies des Friedens mit echten Menschenrechten werden.

Er war Politiker, weil er gewählt worden war. Aber er machte seine Politik vor allem für die junge Generation. Denn er wünschte sich freie Kinder in einer freien Welt. Aber die Jugend war nicht frei. Sie waren gefangen von dem Begehren, dass ihnen von der Werbung eingetrichtert worden war. Ihr gesamtes Verhalten, auch ihre Vorstellung von den Rollenbildern, wurde ihnen eingetrichtert vom TV.

Das ist nicht der Traum von einer besseren Welt, den wir geträumt haben. Das ist er schon lange nicht mehr. Unsere Kinder sind so sehr fremd programmiert und medial gesteuert. Sie werden nicht von ihren Eltern, Lehrern und Großeltern erzogen. Sondern sie wurden auf Reißbrettern der Werbeindustrie entworfen, die sie so machen, wie sie ihre jungen Konsumenten haben wollen. Das ist nicht der Traum von einer besseren Welt. Das ist nicht der Traum von einer freien Welt, in der unsere Kinder glücklich spielen können. Das ist eine Propaganda und Fremdsteuerung auf ganz neuem Niveau. Nichts davon macht die Kids zu besseren Menschen.

Er war mit Superhelden-Comics aufgewachsen. Sein Traum war es gewesen, auch eines Tages ein

Superheldenkostüm zu tragen. Er liebte die Umhänge, die Strumpfhosen und das Latex. Dann war er Erwachsen geworden und hatte begriffen, dass die echten Kämpfer für Gerechtigkeit anders aussahen. Also hatte er sich seinen ersten Anzug mit Hemd und Krawatte besorgt und sich in der Partei angemeldet. Das war jetzt sein Superman-Outfit und er war der Retter der Welt.

Befreit euch von eurer Abhängigkeit. Befreit euch von eurer medialen Sucht. Zerschneidet die unsichtbaren Ketten, die euch gefangen halten. Zerschneidet die digitalen Schnüre, mit denen sie euch herum kommandieren. Befreit euch endlich! Befreit euch von allen digitalen Fesseln!

Wir sind gefangen darin, scheinbare Bedürfnisse befriedigen zu wollen. Wir können alles haben: die besten Fitnessstudios, die leckersten Cocktails und die schnellsten Autos. Aber ist es das wirklich? Sehnt sich der Mensch danach wirklich? Führt das wirklich zu einem erfüllten Leben?

Ist es nicht Liebe, wonach sich unser Herz wirklich sehnt? Aber die Liebe zu Gegenständen ist niemals dasselbe wie zu Lebewesen. Also wenn ihr in ein Flugzeug steigt mit euren Reisekoffern. Wenn ihr dann am Strand mit einem Cocktail sitzt. Dann werdet euch bewusst: Das sind nur Gegenstände. Die Gegenstände, die ihr auf eurer Reise liebt, sind nicht dasselbe, wie die Liebe zu den Menschen zuhause.

Jeden Urlaub könntet ihr die Liebe zu den Menschen zuhause vertiefen und echte Erfüllung finden. Aber das könnt ihr nicht, wenn ihr jedes Mal woanders hinreist und zwischenmenschliche Oberflächlichkeit kultiviert. Touristen lernen die Welt nie wirklich kennen. Selbst wenn sie jedes Land der Welt besuchten, hätten sie eigentlich nichts über die Welt gelernt. Ihre ganzen Reisen sind nur Schaufensterbummel. Sie sind nur oberflächlicher Stumpfsinn. Die wahre, echte Welt wird niemand so finden.

Er wollte, dass die Menschen mehr in ihm sahen als die Transe. Aber er wollte gesehen werden, eben nur nicht als der Mann, der er in Wahrheit war. Sie sollten den Helden sehen, der täglich für sie kämpfte. Er kämpfte nicht auf Schlachtfeldern, aber er kämpfte in stickigen Konferenzen und langen Tagungen für sie. Dort kämpfte er für digitale Freiheit und die wahre Selbstbestimmung jedes Menschen in dieser hochtechnisierten Welt.

Er hatte dieses Interview mit einem Sportler gesehen. Mit großen Augen sagte der, dass er immer mehr geben wollte. Er sagte, der leichteste Weg das zu schaffen, war das Fitnessstudio. Ihm wurde klar, genau das war das Problem. Die meisten Männer machten es sich zu leicht. Sie gingen ins Fitnessstudio, um dort groß und bedeutend zu werden. Aber genau das ging nicht. Große Muskeln definierten nicht wirklich einen großen und bedeutenden Mann. Das wir angefangen haben, das überhaupt zu glauben, war der Grund, dass uns die Probleme wieder über den Kopf gewachsen waren.

Er glaubte, dass jeder Mensch eine Gabe hat. Es ist eine Gabe, die die Welt braucht. Vielleicht ist eine Gabe als Doktor, Erfinderin, Schauspielerin, Politikerin oder Sportler. Diese Gabe meint: eine Gabe zu wahrer Größe, zu etwas besonderem, etwas das die Welt braucht, etwas das die Welt besser macht, etwas worauf die Welt wartet. Aber diese Gabe wird nicht entstehen, wenn wir unsere Zeit mit Fernsehen, Zocken und Internet verschwenden.

Jemand der glaubt, dass es Muskeln sind, die einen großen Mann definieren, wird nie die wahre Stärke eines Mannes erkennen. Jemand der glaubt, das schöne Schminke eine Frau wirklich schön macht, der wird niemals die wahre Schönheit einer Frau erkennen. Desto tiefgründiger euer Bewusstsein ist, desto mehr eurer geistigen Kraft könnt ihr benutzen. Dieses Potential kann die Welt noch retten. Deshalb ist Oberflächlichkeit so gefährlich.

Wir müssen uns neu erfinden. Wir als Spezies. Wir als Menschen. Wir als Individuen. Wir können damit beginnen, die Technik weise zu nutzen. Sie hat uns versklavt, weil wir uns versklaven haben lassen. Die Technik hat uns keine Ketten angelegt. Wir haben sie uns selbst an die Füße gekettet. Wir haben unsere

Arme in Handschellen des Internets gelegt. Diese Zeit muss enden. Jetzt! Sofort! Sei es mit einer Revolte oder mit einem Aufschrei. Dann müssen wir von vorne anfangen. Wir müssen uns neu erfinden. Wir müssen frei und selbstbestimmt im Umgang mit Technik werden. Wir dürfen uns nicht weiter unterwerfen lassen und wir müssen die Ketten der Fremdsteuerung sprengen.

Die Message ist nicht, dass etwas falsch ist mit dem Internet, mit dem Handy oder mit dem Computer. Sondern die Message ist, dass wir Sklaven geworden sind, das wir unsere Selbstdisziplin verloren haben und uns abhängig gemacht haben. Nicht die Maschinen sind das Problem. Wir, die wir uns selbst erniedrigt haben, sind zu Sklaven des Handys geworden. Wir haben uns unser Leben klauen lassen. Das ist das, was falsch läuft. Deshalb müssen wir neu anfangen und dieser Neuanfang beginnt in unserem Inneren. Wir brauchen einen kompletten Neustart. Es ist Zeit für einen Reset!

Seien wir ehrlich! Wenn wir die Hälfte der geistigen Energie genutzt hätten, die wir für Schminke, für Fitnesswahn oder wegen unseres BMIs genutzt haben, dann hätten wir eine Lösung gefunden oder wir wären einer Lösung wenigstens näher gekommen. Ich meine eine Lösung für Krebs, Aids, den Welthunger und das Umweltproblem. Selbst wenn wir es nicht geschafft hätten, so hätten wir doch neue

Puzzlestücke gefunden, die uns einer Lösung näher gebracht hätten.

Nein, wir brauchen keine geschminkten Models oder durchtrainierten Männer. Was wir brauchen sind Heilungen für Aids, Corona und Krebs und Lösungen für den Welthunger und die ausufernde Verarmung. Dazu bedarf es Arbeit. Es braucht enorm viel geistige Arbeit. Es braucht die Energie des Denkens. Das zählt und dafür müssen wir aufhören, unsere Gedanken mit Schminke, TV und Fitnessübungen zu verplempern.

Wenn er auf die Welt sah, dann erkannte er ein riesiges, ungenutztes Potential. Diese Welt hatte alles, was sie brauchte, um die aktuellen Probleme zu lösen. Aber es kam ihm so vor, als würde sie im Dornröschenschlaf feststecken. Die Menschheit war dazu fähig, Berge zu versetzen. Stattdessen versammelten sie sich zu hirnlosen Aktivitäten, die weder ihnen noch ihren Nachfahren echte Vorteile brachten.

Er wollte die Glocke läuten, die die Menschen aufweckte. Er würde es gern sanft tun. Er stellte sich die Musik eines schönen Glockenspiels vor, dass die schlafenden Kinder sanft aus dem Mittagsschlaf aufweckte. Leider stand die Welt in Flammen. Der Klimakollaps drohte weltweit Staaten zu destabilisieren. Die wirtschaftlichen Folgen waren unvorhersehbar. Einige Länder im Osten hatten nur gerade so die Corona-Krise und die Kriege im Osten überlebt. Wie viele konnten noch standhalten, wenn Leute wie er keine Lösung fänden?

Ein Weltenbrand unbekannten Ausmaßes stand möglicherweise bevor. Aber er war Profi. Er musste die Ruhe bewahren, denn es gab noch einige Hoffnungsschimmer. Viele Menschen sahen zu ihm auf. Sie erwarteten Antworten von ihm. Sie erwarteten seine Führung. Die letzte Generation an Politikern wie Merkel, Schröder und Scholz hatten es mega vermasselt. Ihnen lagen dieselben Prognosen vor. Aber sie hatten nur nach Dogmen und Schablonen gehandelt, statt das Land für die Zukunft fit zu machen. Er wollte es besser machen!

Fragt euch selbst: Seid ihr Teil der Lösung oder Teil des Problems? Würden alle Menschen so leben wie ihr, würde dann die Welt ein besserer Ort sein? Was hindert euch daran, eure politische Pflicht zu erfüllen? Lebt ihr unter einem Putin oder der chinesischen KPD, dann versteht jeder, dass ihr aus Angst nicht handelt. Aber wenn ihr in einer Demokratie lebt und trotzdem nichts tut!? Dann ist es wahrscheinlich, dass eure Untätigkeit die Ursache für die Diktatur von morgen ist!

Lovelution

Jetzt kennt ihr unsere Held*innen in ihrem Kampf mit der digitalen Welt. Spürt, wie der interaktive Vulkan brodelt und das digitale Feuer brennt. Es kann die Welt erleuchten oder die Menschheit verbrennen. Es kann uns in ungeahnte Höhen erheben oder für immer auslöschen. Fühlt, welche Macht in euch liegt. Ihr könnt etwas verändern!

Dasselbe ist es mit unserem Konsum. Wir können unsere Welt auffressen oder sie verschönern. Aber sie aufzufressen, ist wie den Ast abzusägen, auf dem wir sitzen. Wenn wir weiter chinesische Produkte kaufen, finanzieren wir damit Zwangsarbeit und Diktatur. Wenn wir weiter Billigklamotten wollen, fördern wir Kinderarbeit. Was soll so aus unserer Welt werden? Es ist sicher: so wird die Welt ein toter, herzloser Klumpen werden! Die Liebe wird sterben. Aber wenn die Liebe stirbt, dann werden auch wir Menschen aussterben.

Neo und Lakshmi warteten am Flughafenschalter. Unser Held war bereit für ein neues Abenteuer. Sie beide waren bereit für ein gemeinsames Leben. Sie brauchten sich und das war alles, was sie brauchten. Sie lächelte ihn an und er wusste, das war alles, was er bis zu seinem letzten Atemzug brauchte.

Neo erlebte jetzt, was er immer gehofft hatte. Nämlich, dass das echte Leben viel größer war als die künstlichen Datenwelten. In Lakshmis Tempel hatte er Ganesha gesehen und sich spontan mit ihm identifiziert. Denn das Internet hatte auch seinen Kopf zum Explodieren gebracht. Aber Lakshmi und der Ashram hatten ihm einen neuen Kopf gegeben und sein krankes Herz geheilt.

Diese Welt entwickelt sich in die falsche Richtung. Seien wir ehrlich: Stellt euch alle geistige Energie vor, die wir für Fußball, Hockey, Basketball und Football in den letzten fünfzig Jahren genutzt haben. Wenn wir diese geistige Energie stattdessen komplett für die Suche nach einer zuverlässigen Krebsheilung genutzt hätten, dann hätten wir diese Heilung gefunden! Nun muss jeder von euch entscheiden, was ihm wichtiger ist. Ist euch Fußball gucken wichtiger oder wollt ihr lieber das Leben eines geliebten Menschen vor Krebs retten? Fakt ist: Wenn die nächste Generation die Welt vorm Klimawandel und vor weiteren Kriegen retten will, dann werden sie komplett auf TikTok, Insta und Netflix und alle anderen Arten von Prokrastination verzichten müssen.

Das Video unserer Daten-Hexe wurde ausgestrahlt. Die Einschaltquote war zu dieser Zeit extrem hoch und so sahen Millionen Menschen das Video der Daten-Hexe. Sie hatte damit ihren Traum erfüllt. Sie hatte die Korrupten mit ihren Leaks hart getroffen und sie war zu einem Symbol für die junge Generation geworden.

Die Hashtags mit der Digital Witch stiegen über Nacht ins Millionenfache. Sie liebte es, sich jeden davon durchzulesen. Sie las die wildesten und verrücktesten Spekulationen über sich. Sie hatte es wirklich geschafft. Denn in immer mehr las sie, wie junge Frauen sich schworen, in ihre Fußstapfen zu treten, um den digitalen Kampf für die freie Welt aufzunehmen. Das war ihr Traum gewesen und jetzt war er wahr geworden.

Die Reichen und Mächtigen nutzen die Maschinen, das Internet und die Bildschirme, um wieder engere Schlingen um die Menschen zu legen. Sie wollen sie besser kontrollieren können. Aber sie übersehen, dass sie sich selbst den Boden unter den Füßen wegreißen und sich in Ketten legen.

Die Macht der Drohnen wird täglich größer. KI-Drohnen bedeuten, dass die Mächtigen unabhängig von menschlichen Soldaten werden. Damit könnten sie unabhängig vom Volk Krieg führen. Es war eine große Gefahr für den Frieden. Doch der Hohn der Mächtigen wird sie einholen. Denn Drohnen sind Waffen für jedermann. Wenn sie dann die Kinder der Reichen und Mächtigen entführen, dann werden sie es bereuen, dass sie statt in gesellschaftlichen Frieden zu investieren, lieber in technisches Kriegsgerät investiert haben. Wenn KI-Drohnen beginnen, die

Limousinen der Reichen in die Luft zu jagen, dann wird es zu spät sein für Reue.

Unsere Beautyqueen erwachte mit einem Schlauch im Mund. Sie wollte schreien, aber es klappte nicht. Sie drückte den Knopf. Dann kam die Krankenschwester. Etwas später kam die Psychologin. Zum Schluss kam auch noch ihre Mutter, gefolgt von ihrem wortkargen Vater. Dann kam die Nacht und sie lag wach da.

Es rollten Gedanken durch ihren Kopf, die sie nie gekannt hatte. War sie noch dieselbe? Sie sah sich jetzt von oben und blickte auf ihr ganzes Leben zurück. Diese eingebildete Tussi sollte sie gewesen sein? Plötzlich erinnerte sie sich an das kleine Mädchen, dass sie einst gewesen war.

Es musste mit fünf Jahren gewesen sein, als ihr Hamster Max noch gelebt hatte. Damals war sie schüchtern und freundlich. Sie hatte dieses Mädchen ganz vergessen, aber dieses Mädchen hatte sie nicht vergessen. Dieses Mädchen war besser als sie, daran bestand kein Zweifel. Sie fasste einen Entschluss. Es wurde Zeit die arrogante Bitch zu beerdigen und wieder eins mit dem kleinen Mädchen zu werden.

Ja, Konsumnarzissmus frisst die Welt auf. Der Klimawandel wurde aus diesem Konsumnarzissmus geboren. Ich will mehr. Ich will mehr. Ich will niemals aufhören. Lass mich konsumieren. Lass mich fressen. Lass mich mich einkleiden. Mehr Produkte.

Ohne wahres Sein. Ohne Kern. Es ist nur schöner äußerer Schein. Billige, oberflächliche Gefühle statt tiefer, wahrer Liebe sind allgegenwärtig.

Wenn Konsumgüter euch dazu kriegen, euren Konsum so zu steuern, dass euer Leben mit euren liebsten Mitmenschen unvereinbar wird. Wenn sie euch soweit gekriegt haben, dass eure gemeinsame Harmonie gestört wird. Dann sind diese Konsumgüter euer größter Feind!

Es wird Zeit für einen neuen Weg! Derzeit wird die Technik immer besser und gleichzeitig werden die Menschen immer unfähiger. Das müssen wir mit aller Kraft stoppen. Wir haben nichts davon, wenn die Maschinen immer besser werden, wir aber nicht. Wir müssen uns verbessern. Das dürfen wir auch mithilfe von Technik tun. Aber es darf nicht weiter geschehen, dass die Technik immer besser wird und wir stumpfer und inkompetenter. Stoppt das! Haltet es auf! Haltet es auf, indem ihr Zeit in euch investiert. Lernt! Strebt! Wacht auf und schmiedet euch zu einem höheren Selbst!

Es knallte laut. Er hatte das Klirren des Glases gehört. Es hatte ihn gewundert, aber dann wurde alles dunkel. Er merkte nicht mehr, wie sein Körper hart zu Boden geschleudert wurde. Als das Projektil des Scharfschützen seinen Kopf durchschoss, hatte er sein eigenes Gewehr zur Seite gerissen. Er hatte noch abgedrückt, aber seine Kugel hatte den Kopf des Meisters verfehlt.

Die Tür wurde aufgetreten und Blendgranaten flogen in die Werkstatt. Vermummte Polizisten stürmten herein. Er lag am Boden. Aus seinem Kopf floss ein roter Rinnsal und ergoss sich über den pissgelben Bodenbelag der Werkstatt.

Das Internet war voll von Trollzombies. In den zahlreichen Lockdowns unter Corona hatte ihre Zahl exponentiell zugenommen. Es waren Leute, die kein Leben und kein Selbstbewusstsein hatten. Aber es waren diese Typen, die im Internet Hasskommentare mit einer Arroganz und Überheblichkeit absetzten, die sie sich in der echten Welt nie trauen würden.

Diese Hater waren dabei das ganze Internetgefüge zu zersprengen. Sie hetzten, aber ihr Internethass führte immer öfter zu Gewalt in der echten Welt. Sie waren schlimmer als ein wütender Mob bei einer Hexenverbrennung im Mittelalter.

Er hatte den Hass der Internettrolle schon oft selbst erfahren. Für sie war er die dreckige Transe, der Antichrist oder einfach nur Unkraut, dass es auszureißen galt. Aber er war ein vereidigter Bundestagsabgeordneter und das bedeutete, er musste seine Politik auch zum Wohle der Internettrolle machen.

Tief in seinem Herzen war er ein Gläubiger. Er glaubte an die Vernunft. Er hatte keinen Zweifel, dass diese Kraft in jedem Menschen vorhanden war. Aber es war die Dauerbestrahlung der Bildschirme, die nach und nach die Vernunft zerstörte. Falls die Welt keinen Weg fand, das zu stoppen, dann sah es schlecht für die Generation von morgen aus.

Wann macht ihr den Medienzombietest? Oder seid ihr schon zu zombisiert, um noch ohne Internet und Smartphone zu überleben? Die Wolken am Horizont sind tatsächlich so finster wie vorm Aufstieg Hitlers. Wollt ihr wie die Menschen damals erst aufwachen, wenn die nächste Katastrophe bereits über euch hereingebrochen ist?

Wir wissen nicht, ob noch Zeit ist. Mit jedem verschwendeten Tag werden die Hoffnungsschimmer weniger. Mediensüchtige Konsumenten werden die Katastrophe weder abwenden, noch aufhalten können. Wozu willst du gehören? Wirst du einer von denen werden, die geschwiegen und weggeschaut haben, während die Welt in die Katastrophe schlittert? Oder wirst du deine digitalen Fesseln sprengen und für eine bessere Welt kämpfen?

ÜBER DEN AUTOR:

Niemand tippte,
um niemals wieder in der Matrix zu landen,
denn außerhalb der Matrix gab es Nichts.
Aber Nichts war schöner als das Paradies.